작고 이상한 **초콜릿가게**

작고 이상한 로맨스 시리즈 3

THE ODDEST LITTLE CHOCOLATE SHOP

작고 이상한 *매혹적인* 초콜릿 가게

베스 굿 지음 · 이순미 옮김

서울문화사

1

버터 범벅이 되다

지하철 계단을 후다닥 뛰어오른 클레멘타인은 몸서리치게 차가운 아침 바람에 잠시 멈춰 선 뒤 부드러운 초록색 숄을 목에 두어 번 두르고는 맞은편의 초콜릿 가게를 언제나처럼 찌푸린 표정으로 쳐다보았다. 점점 불어만 가는 엉덩이가 늘 두렵긴 하지만 초콜릿을 향한 순수하고도 본능적인 갈망이 마음을 쿡쿡 찔러댔다.

'라벨의 런던 초콜릿 가게'

높고 좁은 빅토리아풍 건물의 가게 진열창 위에는 소용돌이 장식의 금속판에 매력적인 초콜릿 모양이 새겨진 간판이 걸려 있었다. 세로로 긴 상점 내부에 적당한 간격으로 설치된 조명들이 붉은 벽지의 벽을 비추고 있었다. 양쪽 벽에는 초콜릿과 선물 상자들이 분위기 있게 잔뜩 진열되어 있었다. 클레멘타인은 기념할 일이 있을 때면 이곳에 들렀다. 아직도 가게에 진열된 수제 초콜 릿에서 뿜어져 나오는 풍부한 향과 그에 못지않게 매력적인 프랑스에서 온 가게 주인 라벨 씨의 짙은 눈빛을 기억하고 있었다.

'마치 코로 들이마시는 사랑과도 같아. 초콜릿이 성적 욕망을 불러일으키고 성 기능을 향상시킨다는 건 잘 알려진 사실이지.'

클레멘타인은 스스로에게 변명하듯 생각했다.

'어려운 말로 호르몬과 화학 반응인가 하는 걸 일으켜서, 남자들에게 더 매력적인 여자로 보이게 해주는 게 바로 초콜릿이라고.'

치과 대기실에서 그런 내용의 잡지 기사를 읽으며 어쩐지 매우 그럴듯하다고 생각했다.

게다가 클레멘타인은 초콜릿을 너무 좋아했다. 옛날 같으면 며칠마다 한 번씩 이 가게에 들러 초콜릿을 둘러본 후 마음껏 샀을 것이다. 십 대 때는 그러한 사치를 부려대곤 했지만, 이제 스물세 살이다. 그동안 먹어 치운 초콜릿들이 고스란히 엉덩이와 허벅지를 튼실하게 만들어버린 터였다. 결국 오랫동안 엉망진창인 식생활을 하다 문득 체중계 위에 올라가보고는 '머리라도 잘라야 좀 달라지려나' 하는 마음으로 말도 안 되는 맹세를 해버렸다. 일 년 동안 절대로 초콜릿에 손대지 않기로 한 것이다. 그 맹세를 지키려면 아직 삼 개월을 더 참아야 했다.

평소에 클레멘타인은 '초콜릿 금지의 해'를 다 채울 때까지는 이 가게에 눈길 한번 주지 않고 절대 발길도 들이지 않겠다고 생각하며 지나쳐 가곤 했다. 하지만 오늘은 너무나 그리운 그 가게의 진열창에 눈길이 꽂혀버렸다. 그녀의 영혼은 순수하고 환상적이며, 기분을 고양해주는 그 무언가를 찾고 있었다. 하지만 클레멘타인은 당황할 수밖에 없었다.

진열창이 텅 비어 있었던 것이다. 초콜릿 한 덩어리도 눈에 띄지 않았다.

"정말 이상한데."

클레멘타인은 중얼거렸다. 한편으로는 당황스럽고 다른 한편으로는 마음이 괴로웠다.

"달콤한 초콜릿들이 다 어디 간 거야?"

진열창에 자신의 모습이 비쳤다. 큰 키에, 오늘처럼 바람이 심한 날이면 손질조차 어렵게 제멋대로 날리는 금발 머리에, 눈꼬리가 살짝 올라간 옅은 갈색 눈과 커다란 입을 가진 여자. 어머니는 클레멘타인이 그 큰 입을 다물 줄 모르고 항상 엉뚱한 말을 내뱉는다고 말하곤 했다. 그것도 가장 최악의 순간에 말이다.

이 작은 초콜릿 가게가 파산해서 문을 닫은 건 아닐까 생각했다.

'불쌍한 라벨 씨.'

동네의 많은 작은 상점들이 심한 불경기에 망하고 있었으니 가게가 하나쯤 더 망한다고 해도 이상한 일은 전혀 아니었다. 하지만 초콜릿 가게가 망하다니…….

초콜릿이야말로 스트레스를 받을 때 손을 뻗기만 하면 부릴 수 있는 작은 사치 아닌가? 하지만 라벨 씨의 초콜릿은 사실 조금 비싼 편에 속했다. 아마도 단골들이 주문을 줄이는 바람에 영업을 계속 할 형편이 안 되었을지도 모른다.

'그건 너무나 안타까운 일인데.'

라벨 씨를 생각하자 클레멘타인의 마음에 불이 지펴졌다. 그녀는 몇 분 더 어두운 가게 내부를 하릴없이 바라보았다. 가게 어딘가에 곧 문을 닫을 예정이라는 공지 같은 것이라도 붙어 있을까 싶어 진열창 안을 살펴보기 시작했다. 하지만 텅 빈 진열대밖에 보이지 않았다. 그러다 표정 없는 출근 인파에 밀쳐지는 바람에 옆으로 비켜설 수밖에 없었다.

세로줄무늬의 양복에 검정 코트를 입은 한 중년 남자가 클레멘타인을 쏘아보며 거만하게 "좀 비켜요"라고 중얼거리고는 출근하는 사람들 무리 속으로 사라져갔다. 그가 지나간 자리로 매서운 바람이 휘몰아쳤다. 클레멘타인은 몸을 부르르 떨며 숄을 더 단단히 여몄다. 멀어져가는 남자의 등을 바라보며 생각했다.

'저 남자에겐 초콜릿이 좀 필요한 것 같아. 아니면 아내라도 초콜릿을 좀 먹든가. 그럼 삶이 좀 더 달콤하게 느껴질 텐데.'

그런 생각을 하다 보니, 자신에게도 트뤼플 초콜릿이 한두 개쯤 필요하다는 생각이 들었다. 그런 즐거움을 포기한 지 거의 일 년이 다 되어가고 있지만 일생을 그런 즐거움 없이 보낼 계획은 아니었다. 그건 말도 안 되는 일이다. 누구든 가끔씩은 그런 낙이 필요한 날이 있다.

가게로 들어가려 몸을 돌리던 순간, 클레멘타인은 입구 주변 빈틈에 골키퍼처럼 몸을 구겨 넣고 있던 커다란 흰색 페르시안 고양이에 발이 걸려 넘어질 뻔했다. 고양이는 고개를 갸우뚱한 채 눈을 가느다랗게 뜨고 그녀를 쳐다보았다. 마치 "축구공같이 생겼는데, 절대 들여보낼 수 없어"라고 말하는 듯한 표정이었다.

"어머, 예뻐라!"

클레멘타인은 자기도 모르게 손을 뻗어 고양이의 부드러운 털을 쓰다듬었다.

"야옹아, 여기에 사니? 이 가게 고양이야?"

고양이는 그녀를 빤히 쳐다보았다. 고양이의 녹색 눈에서 천천히 긴장감이 가셨다.

"좀 슬퍼 보이네."

고양이의 귀 뒤를 간질이며 속삭였다.

"그러고 보니 무척 춥겠구나. 불쌍하기도 하지."

고양이는 기분이 좋은 듯 그르렁 소리를 내기 시작했다.

바깥바람이 너무나 매섭게 차가워서 클레멘타인은 녹색 눈의 고양이를 홀쩍 들어 안았다. 그것은 그다지 현명한 행동은 아니었을지도 모른다. 숄에 고양이 털이 한번 붙어버리면 손빨래를 여러 번 해도 쉽게 떨어지지 않기 때문이다. 그녀는 고양이를 안은 채 위풍당당하게 가게 안으로 들어갔다.

"실례합니다."

가게 안에는 아무도 없었다. 클레멘타인은 텅 빈 진열대들을 눈여겨보며 좁은 가게 안쪽으로 들어갔다. 구슬로 짠 커튼이 드리워진 어두운 공간까지 걸어 들어갔다. 구슬 커튼이 매장 쪽과 그 뒤편에 있는 초콜릿을 만드는 장소를 구분해주고 있었다.

"실례합니다. 누구 안 계신가요?"

좀 바보 같다는 기분이 들었다.

고양이가 품 안에서 꿈틀하며 '하악!' 하고 경고하는 듯한 날카로운 소리를 냈다. 왠지 곧 고양이가 발톱을 세울 것 같다는 생각이 본능적으로 머리를 스치자, 클레멘타인은 그 배은망덕한 고양이를 놓아주었다. 그때 커튼의 구슬들이 달그락 소리를 냈다. 그녀는 당황하여 위를 올려다보았다.

"아, 이런. 안녕하세요."

"봉주르, 마드모아젤(안녕하세요, 숙녀분)."

가게 주인인 라벨 씨였다. 그의 짙은 눈빛이 발밑에서 불쾌한 표정으로 털을 핥고 있는 고양이에게 향한 후 다시 클레멘타인의 달아오른 뺨과, 아마도 끔찍하게 엉망진창이 되어버렸을 그녀의 머리칼로 옮겨졌다.

'세상에, 정말 잘생겼네. 이십 대 후반쯤 되었으려나. 군살도 하나 없고. 분명 열심히 운동하겠지.'

반바지 차림으로 러닝 머신 위를 뛰고 있는 가게 주인의 모습을 머릿속에서 지우려 애썼다. 클레멘타인은 가게 주인을 뚫어지게 쳐다보고 있었고, 그도 그 시선을 알아차렸다.

"뭐 도와드릴 일이라도 있으신가요?"

그는 눈썹을 치켜올린 채 대답을 기다렸다.

"죄송하지만, 마드모아젤, 보시다시피 지금은 손님을 받고 있지 않아요."

"아, 네. 그래서 들어와본 거예요."

바보가 된 것 같은 기분으로 애써 대답했다. 이제는 라벨 씨가 반대로 그녀를 뚫어지게 쳐다보고 있었다. 어쩌면 클레멘타인의 눈이 무척 나쁘다고 생각할지도 모를 일이었다.

'그건 더 안 좋은데.'

그의 눈에 그녀는 욕망에 사로잡혀 있거나 눈이 무척 나쁜 사람으로 보였을 것이다. 아니면 둘 다일 수도 있고.

"죄송하지만 마드모아젤, 동물을 가게에 데리고 들어오시면 안 됩니다. 안내견을 빼곤 말이죠. 위생 규정 때문요."

"물론 그렇죠. 하지만……"

문득 그가 냉소적인 표정 뒤로 자기를 비웃고 있는 건 아닐까 하는 생각에 매무새를 바로 하고 말했다.

"그럼, 이 고양이가 당신 것이 아니라는 건가요?"

"왜 제 고양이라고 생각했죠?"

"아, 이 고양이가 가게 밖에 앉아 있어서요. 매트 위에요."

"고양이가 바깥 매트 위에 앉아 있었다고요, 마드모아젤?"

분명 자기를 놀리는 것이다. 하지만 마치 프랑스 신사는 숙녀의 면전에 대고 비웃을 만큼 무례하지는 않다는 듯이 그는 전형적인 프랑스인다운 방식으로 그녀를 조심스럽게 놀리고 있었다. 그러니 자기가 가게 밖을 나서기만 하면 아마도…….

"아, 네."

클레멘타인은 무척 당황했다.

"아쉽지만, 마드모아젤. 저는 고양이를 키우지 않아요."

흰 고양이는 털을 핥던 것을 멈추고는 텅 빈 진열 상자들의 냄새를 맡으며 가구 사이를 돌아다니고 있었다.

"아, 죄송해요."

그녀는 작은 목소리로 말했다.

"고양이를 다시 밖에 내놓을게요. 가게 고양이일 거라고 생각했을 뿐이에요."

"추측이 틀렸네요, 마드모아젤."

"그런 것 같네요."

하지만 이상하게도 가게를 떠나고 싶은 생각이 들지 않았다. 대신 짙은 머리색의 쇼콜라티에 라벨 씨를 더 찬찬히 바라보았다. 평소의 그는 몸에 딱 맞는 짙은 회색 스리피스 양복에 짙은 검정색 앞치마를 입곤 했다. 트뤼플이나 부드러운 레몬 무스나 산딸기 무스가 들어간 초콜릿을 사러 가게에 들를 때마다 클레멘타인의 심장을 뛰게 하던 복장이었다. 하지만 오늘 그는 훨씬 더 섹시해 보였다. 레몬 초콜릿만큼이나 군침이 도는 몸매가 드러나는 딱 붙는 흰색 티셔츠에 색이 바랜 청바지를 입고 있었던 것이다.

그녀는 유혹하는 듯한 눈빛으로 바라보지 않으려 노력했지만, 그건 마치 숨을 쉬지 않으려 애쓰는 것과 같았다. 그는 티셔츠 위에 단추를 채우지 않은 빳빳한 흰색 셔츠를 걸치고 있었고, 셔츠 소매를 팔꿈치까지 말아 올리고 있었다. 이런, 그는 군침이 돌 만큼 멋있었다.

'저 근육질의 팔뚝 좀 봐!'

빨리 가게에서 나가주기를 바라고 있는 것을 알고는 있었지만 어떻게 그냥 자리를 박차고 나갈 수가 있겠는가? 몸속의 모든 세포들이 몇 시간이고 이대로 촌뜨기 바보처럼 그를 바라보고 있으라고 소리를 질러 대는 마당에.

"뭐 다른 도와드릴 일이라도 있으십니까?"

그는 정중하게 다시 말을 걸며 손목시계를 슬쩍 쳐다보았다.

"오늘…… 오늘은 평소의 근무복이 아니시네요."

"보시다시피요, 마드모아젤."

"게다가 초콜릿도 진열되어 있지 않고요."

"그렇습니다."

그녀는 불쑥 말을 꺼냈다.

"문을 닫으시는 건 아니죠? 제가 이 초콜릿 가게를 정말 좋아하거든요. 여기가 문을 닫는다면 그건 너무나 끔찍한 일이 될 거예요. 또 그렇게 되면 전 세 자신을 탓하게 될지도 몰라요. 왜냐하면 전에는 여기 자주 들르곤 했거든요. 기억하시나요? 아마 못하실 거예요. 계산대에 계신 걸 본 적이 없거든요. 아니면 제가 기억을 했겠죠. 하지만 아마도 저를 보신 적은 있을지도 몰라요. 어쨌든, 저는 항상 여기서 작은 트뤼플 봉지랑 과일 맛 무스가 들어간 초콜릿을 사곤 했어요. 그리고, 아, 이런, 그 '초콜릿 오르가슴'도 말이죠. 그런데 다이어트를 해야 해서요. 그러다 보니……."

그는 경직된 눈빛으로 바라보고 있었다. 클레멘타인은 말을 어떻게 맺어야 할지 알 수 없게 되어버렸다.

"아, 그런 눈으로 보지 마세요, 라벨 씨. 문 닫으실 거 아니죠? 그냥 보수공사 하는 것뿐이지요?"

라벨은 조용히 그녀를 바라보다가 손으로 얼굴 한쪽을 감쌌다. 상처를 받은 듯한, 체념한 듯한 몸짓이었다. 또 말실수를 한 것인가 싶어 끔찍한 기분이 들었다. 분명 뭔가 잘못되긴 한 것이다. 도대체 뭐가 문제일까?

잠시 후, 그는 고개를 들어 짙은 눈빛으로 그녀를 차갑게 바라보았다. 그 아름다운 입술이 움직였다.

"마드모아젤, 관심 가져주셔서 감사합니다. 하지만 이만 가주셨으면 합니다. 다시 한번 말씀드리지만, 오늘은 손님을 받지 않아서요."

라벨 씨는 생각했던 것만큼 상처를 입은 건 아닐지도 몰랐다. 그냥 소화불량에 걸린 것뿐일지도 모르고 아니면 방금 그녀가 지껄여댄 바보 같은 말들 때문에 체념한 것일지도 몰랐다. 언니 플로리도 늘 그것 때문에 체념했으니까. 언니는 심지어 클레멘타인의 입을 다물게 하려고 그녀를 찬장에 밀어 넣은 적도 있었다. 그래봐야 소용없었지만 말이다.

"음."

그녀는 겨우 이 말밖에 할 수가 없었다. 얼굴이 확 달아올랐다.

고양이는 그르렁거리며 클레멘타인의 다리 사이로 몸을 꼬고 있었다. 그녀는 고양이를 들어 올려 아기처럼 부드럽게 안았다. 폭신한 고양이는 꼬리를 살랑거렸다.

'이 고양이가 암컷일까 수컷일까?'

고양이의 성별이 궁금하긴 해도, 이 남자 앞에서 고양이의 꼬리를 들어 올려 확인을 할 수는 없었다. 고양이의 아래쪽을 잽싸게 쓱 한번 젖혀보고 싶다는 생각이 들긴 했지만, 결국 보게 될 것은 남자의 경악한 얼굴뿐일 테니까.

"음."

그녀는 열어두었던 가게 문을 쳐다보며 한 번 더 소리를 냈다. 바람이 휘잉 소리를 내며 가게 안으로 휘몰아쳐 들어오고 있었다.

"라벨 씨, 오늘 날씨가 무척 추워요. 말할 수 없을 만큼요. 그런데 이 불쌍한 아이는 길을 잃은 것 같아요. 문 앞에 있었는데 정말 불쌍해 보였어요. 분명 누군가가 무척 아끼던 애완고양이 같은데 말예요. 제가 이 주변 사람들을 만나 좀 확인해볼 동안 이 아이를 몇 분만 봐주실 수 있을까요? 혹시라도 그중에 주인이 있을지도 모르잖아요."

라벨 씨가 눈을 끔뻑이며 되물었다.

"고양이를 봐달라고요?"

"오 분만요. 약속해요."

"주 쉬 데졸레(미안합니다), 마드모아젤."

그는 분명한 프랑스 악센트로 말했다.

"그럴 순 없습니다."

15

그녀는 완강한 얼굴로 부탁했다.

"그럼, 삼 분만이라도 안 될까요?"

"죄송하지만, 그런 책임을 지고 싶진 않습니다."

"그냥 고양이일 뿐이잖아요."

그녀는 새초롬하게 말했다.

"어린애가 아니라고요."

그는 사과의 몸짓으로 양손을 펼치며 답했다.

"마드모아젤, 보시다시피 저는 오늘 가게에 혼자 있어요. 그리고 오늘은 정말로 할 일이 많아서……"

그 순간, 구슬 커튼 뒤에서 재채기 소리가 크게 울려 퍼졌다. 소리가 너무나 큰 나머지, 재채기 소리에 구슬 커튼이 흔들리는 건 아닐까 하는 생각이 들 정도였다.

'혼자 있다고?'

그녀는 눈썹을 치켜올리며 라벨을 쳐다보았다. 라벨 씨는 설명이라도 하려는 듯 호흡을 가다듬었다. 하지만 그가 말을 꺼내기도 전에 재채기 소리가 다시 한 번 크게 울려 퍼졌다. 곧이어 세 번째, 네 번째 재채기 소리가 연달아 울려 퍼졌다.

그는 숨을 내쉬고 고개를 가로젓고는 허리에 양손을 올렸다. 다른 남자들이었다면 그 몸짓이 조금은 여자같이 보였을지도 모른다. 하지만 그는 이상할 만큼 남성적이면서도 멋져 보였다.

클레멘타인은 구슬 커튼에 시선을 고정한 채 말했다.

"감기 걸리셨나 봐요."

"네, 고마워요!"

곧바로 안쪽에서 여자 목소리가 들려왔다.

"감기 걸렸냐는 말에 고맙다는 대답이 좀 이상하긴 하죠?"

이번에는 구슬 커튼이 정말로 흔들리며 그 사이로 창백한 긴 팔이 쑥 하고 튀어나왔다. 클레멘타인이 서 있는 방향으로 팔을 흔들며 여자가 안쪽에서 말했다.

"안녕하세요. 여긴 아무도 없어요."

"그런 것 같아 보이네요."

클레멘타인이 말했다.

"음, 사실 제가 여기 있긴 한데요. 원래는 여기 있으려던 게 아니었어요. 사실 막 떠나려던 참이었고요. 그저 여기⋯⋯"

여자는 당황한 듯 헛기침을 했다.

"꺼버리는 바람에요."

라벨 씨가 말을 덧붙였다.

클레멘타인의 눈썹이 다시 꿈틀거렸다. 그녀는 계속해서 눈썹을 올렸다 내렸다 할 필요 없이 그냥 눈썹을 치켜올린 채로 있는 것이 나을지도 모르겠다는 생각이 들었다.

"꺼버렸다고요?"

"네."

여자는 마지못해 대답하며 말을 이었다.

"그렇게 됐어요."

"어디에요?"

"틈 사이에요."

구슬 커튼 사이로 나온 창백한 팔이 클레멘타인에게 다시 손을 흔들고는 안으로 쏙 들어갔다.

"제 다른 쪽 팔이 틈 사이에 껴버렸어요. 음, 사실 구멍 같은 건데요. 가구 사이에 있는 구멍이에요. 멍청하기도 하지. 정말 창피하네요. 당신이…… 그러니까 당신이 들어오는 소리를 들었을 땐 도미닉이 저를 빼내려 도와주던 참이었어요."

도미닉. 그것이 이 사람의 이름이었다.

그는 눈을 내리깐 채 긴 속눈썹 사이로 그녀를 흘낏 쳐다보았고, 그 모습에 클레멘타인의 심장이 쿵 내려앉았다. 세상에.

곧이어 커튼 안쪽에서 틈에 팔이 끼었다고 한 여자가 라벨 씨의 아내일지도 모른다는 생각이 들었다. 그녀가 라벨 씨의 아내라니. 말씨로 보아 영국인 같은데.

젠장.

클레멘타인은 라벨 씨에게 고양이를 건넸고, 그는 무의식적으로 고양이를 받아 안았다. 그러고는 말했다.

"도와드려도 될까요?"

그의 허락도 기다리지 않고(어차피 허락해줬을 리도 없었겠지만) 구슬 커튼을 젖히고 들어갔다.

"어머!"

커튼 안쪽 공간에는, 녹황색 티셔츠와 분홍색 작업복 바지를 입은 열아홉이나 스무 살쯤 되어 보이는 젊은 여자가 살짝 몸을 수그린 채 서 있었다. 한쪽 팔은 자유로웠지만 다른 한쪽 팔이 팔꿈치까지 가구 사이의 틈에 껴 있었다.

여자는 몸을 틀어 클레멘타인을 보았다. 얼굴이 상기된 채로 한쪽 입꼬리를 올려 미소를 짓고 있었다. 아마도 아침에는 단정하게 말아 묶었을 길고 윤기 나는 짙은 색 머리칼이 이제는 몇 가닥씩 풀려 내려와 입가와 눈가에서 대롱거리고 있었다.

"미안해요. 당신을 제대로 볼 수가 없네요. 다시 한번 인사할게요. 레이첼이라고 해요."

"안녕하세요, 레이첼."

클레멘타인은 문제를 파악하기 위해 쪼그려 앉으며 말했다.

"어떻게 된 건지 한번 볼게요. 혹시…… 될지 모르겠는데, 팔을 한번 빼볼 수 있겠어요?"

"아뇨, 해봤는데 안 돼요. 이 파이프들 뒤에서 뭐를 좀 꺼내려다 이렇게 되어버렸어요."

조금은 슬퍼 보이는 미소를 지으며 그녀가 말했다.

"사실, 제 약혼반지를 꺼내려고 했거든요. 구멍 사이로 간신히 반지를 집긴 했는데, 아무리 움직여도 손을 뺄 수가 없네요."

약혼반지라.

'음…… 라벨 씨는 젊은 여자를 좋아하는구나.'

싸늘한 마음이 들었지만, 클레멘타인은 아무 말도 꺼내지 않았다. 그녀가 상관할 일은 아니었던 것이다.

살펴보니 어떤 상황인지 알 수 있었다. 두 가구 사이 뒤쪽으로 오래된 파이프들이 뻗어 있고 그 사이에 아주 좁은 틈이 있었다.

'이런 건 애초에 안전보건협회에서 지적을 했어야 했는데.'

클레멘타인은 다소 짜증스럽게 생각했다. 레이첼은 불쌍하게도 파이프 사이에 손이 낀 채로 매우 불편한 자세로 서 있었다. 라벨 씨도(클레멘타인은 그를 도미닉이라는 이름으로 생각하지 않으려 애썼다) 커튼을 젖히고 들어와 고양이를 땅에 내려놓았다. 그는 클레멘타인이 가게에 있는 것 때문에 기분이 좋아 보이지 않았다. 그는 가늘게 뜬 눈으로 그녀를 바라보며 말했다.

"보시다시피 저희가 오늘 정말이지 정신이 없어서요, 그러니까…… 죄송한데, 제가 성함을 모르네요."

절대 물어보지 않을 줄 알았더니!

"클레멘타인이에요!"

레이첼이 둘 사이를 가로막은 채 몸을 굽히고 있는 바람에 다소 불편하긴 했지만, 클레멘타인은 라벨 씨에게 손을 뻗었다. 그도 전혀 개의치 않고 레이첼의 상체 아래로 손을 뻗어 악수를 했다.

라벨 씨의 정신이 조금 다른 곳에 팔려 있는 것처럼 보이긴 했지만 그녀는 굳게 붙잡은 손에 무척 만족했다. 그는 남성미 넘치는 힘센 손가락으로 클레멘타인의 손을 휘감고는 마치 큰 사업 거래를 완료하는 것처럼 세게 손을 쥐었다가 생각보다 조금 더 늦게 손을 놓았다.

"도미닉입니다."

마지못해 말하는 듯한 말투였다. 저음의 멋있는 목소리에 목덜미의 머리칼이 곤두설 지경이었다. 아니, 두꺼운 숄로 칭칭 감아 두지 않았더라면 실제로 머리칼이 곤두섰을지도 모른다.

"도미닉 라벨입니다."

'프랑스 악센트가 너무 섹시한데.'

그의 목소리라면 몇 시간이고 들을 수 있을 것만 같았다.

'이런 목소리로는 해상 기상 통보 같은 걸 해줘야 하는데.'

그녀는 황홀해하며 생각했다.

'아니지, 그렇게 되면 세상 여자들이 모두 바다 위 가시거리가 얼마나 되는지 같은 시시한 정보를 들으려고 주파수를 맞춰댈지도 몰라.'

손이 얼얼했다. 클레멘타인은 호르몬에 문제가 있는 십 대 여자아이처럼 그를 빤히 쳐다볼까 봐 애써 마음을 진정시키고 말했다.

"버터는 써보셨나요?"

레이첼이 불편하게 몸을 돌려 그녀를 쳐다보았다. 머리칼이 몇 가닥 더 흘러내렸다.

"무슨 말이에요?"

"손에 버터는 발라봤냐고요. 버터를 바르면 파이프 사이로 좀 더 쉽게 미끄러져 나올 수 있을 것 같은데 말이에요."

도미닉은 이 쉬운 해결책에 놀란 얼굴이었다.

"뒤 베르(버터). 그렇지, 왜 그 생각을 못했지?"

"버터가 있나요?"

도미닉의 눈썹이 한껏 치켜 올라갔다.

"주쉬 쇼콜라티(저는 쇼콜라티에입니다), 마드모아젤 클레멘타인. 버터는 얼마든지 있지요. 아탕테 실 부 플레(잠시만 기다리세요)."

그는 커다란 빨간 냉장고로 성큼성큼 걸어가 문을 활짝 열었다. 냉장고 안의 빛나는 선반에는…… 아무것도 없었다.

"아, 메르드(젠장). 깜빡했네요. 어젯밤에 냉장고를 다 비워버렸어요."

"아마 작은 냉장고에는 있지 않을까요?"

레이첼이 말했다.

"아, 위(그렇군요)."

그는 빨간 냉장고의 문을 닫고 주방 반대편에 있는 작은 흰색 냉장고로 향했다. 몸을 숙여 냉장고 안을 살펴본 뒤, 버터 한 통을 가지고 돌아왔다.

그는 손에 버터 통을 든 채 잠시 멈춰 서서 레이첼의 팔이 낀 구멍 크기를 가늠하는 듯 생각에 잠겼다. 그러고는 입을 삐쭉거리며 버터 통을 클레멘타인에게 건넸다.

"다시 생각해보니, 마드모아젤, 당신이 해결하는 편이 더 나을 것 같네요."

클레멘타인은 그의 얼굴 표정을 보고 씩 웃음 짓고는 새 버터의 포장지를 벗겼다. 버터를 한 움큼 손으로 떠서 구멍 사이로 조심스레 팔을 뻗었다. 위엄 따위는 이미 시궁창에 처박힌 불쌍한 레이첼을 짓누르지 않도록 조심하면서.

그녀는 레이첼의 손과 손목 주변에 버터를 문지른 다음 구멍 밖으로 다시 손을 빼냈다.

"이제 한번 해보세요."

클레멘타인이 말했다. 레이첼은 숨을 한 번 깊이 들이쉬고는 팔을 당겨보았다.

손이 쑥 하고 빠져나오는 바람에 그녀는 반짝거리는 다이아몬드 반지를 쥔, 버터로 범벅이 된 손을 마치 트로피처럼 올려 든 채 몇 발자국 뒷걸음질을 쳤다.

"만세!"

클레멘타인은 환호를 한 후 남은 버터 통을 도미닉에게 건넸다. 그는 한 손으로 버터를 받았다.

"정말 고마워요."

레이첼은 버터로 엉망진창이 된 손으로 클레멘타인의 미끄러운 손을 잡고 흔들었다. 클레멘타인은 두리번거리며 행주를 찾고는 손을 잽싸게 닦고 나서 레이첼에게 건네주었다.

"고맙긴요. 앞으로는 넣으면 안 되는 곳에 손을 넣는 버릇만 들이지 않도록 하세요, 알겠죠?"

"잘 알겠어요."

레이첼은 반지를 내려놓고 손의 버터를 닦으면서 클레멘타인을 더 조심스레 살펴보았다. 그녀의 정직한 푸른 눈 위로 염려하는 기색이 스쳐 지나갔다.

"은행에서 오신 건가요?"

"레이첼!"

라벨 씨가 소리쳤다.

"죄송해요. 도와주신 것은 감사하지만⋯⋯."

레이첼은 손에 행주를 쥔 채로 애매하게 손을 휘저었다.

"하지만 라벨 씨가 이미 충분히 힘겨워하고 있다는 생각이 들지는 않으세요……? 굳이 회계 장부를 들고 여기까지 오셔서 들 볶지 않으셔도 말예요."

레이첼은 갑자기 말을 멈췄다. 그러고는 얼굴을 움찔대다가 버터로 범벅이 된 행주에 코를 묻었다.

"에취!"

클레멘타인과 도미닉은 그녀를 처다보았다. 레이첼은 창피한 얼굴로 행주에서 얼굴을 들었다. 그녀의 코가 버터로 희미하게 번들거렸다.

"죄송해요. 뭐 때문인지……."

또다시 재채기를 했다.

"에취!"

레이첼은 코를 세게 풀며 말을 맺었다.

"……오늘 제가 왜 이러는지 모르겠네요."

그녀는 고개를 숙여 말끔한 검정 타일의 주방 바닥 위에 떨어져 있는 가느다란 흰색 털을 처다보았다.

"아, 이런."

그녀는 멍하니 말했다. 그들 뒤편에서 구슬픈 '야옹' 소리가 정적을 깨뜨렸다.

흰 페르시안 고양이가 발치에 다가와 앉자, 레이첼은 겁에 질려 몸을 홱 돌렸다. 그녀의 눈이 휘둥그레졌다.

"이건……."

그렇게 말하는 레이첼의 얼굴이 바르르 떨렸다. 그녀는 다가올 재채기를 예방하려는 듯 다시 행주를 코로 가져갔다.

"이건 고양이잖아요!"

"예쁘죠?"

클레멘타인이 재빨리 이야기했다. 레이첼과 도미닉이 비난하는 듯한 눈초리로 고양이를 내려다보며 만드는 정적이 어색하게 느껴졌기 때문이다.

"저는 은행에서 온 사람이 아니에요. 그냥 지나가던 길에 가게가 텅 빈 걸 보고 들어와 봐야겠다고 생각했을 뿐이죠. 그런데 발치에 이 암고양이가 있더라고요."

여전히 고양이 성별은 알지 못하는 상태였지만 그저 고양이가 암컷일 거라고 추측하고 쾌활하게 말했다.

"제가 고양이 주인을 찾는 동안 라벨 씨가 잠시 고양이를 맡아 주시기로 하던 차였어요. 이 불쌍한 것이 추운데 밖에서 떨고 있지 뭐예요."

클레멘타인은 레이첼의 얼굴에 공포가 가시지 않은 것을 느끼며 서둘러 말을 덧붙였다.

"고양이를 돌봐준다고 한 적은 없는 것 같은데요."

라벨 씨가 무미건조하게 말했다. 레이첼은 고양이를 노려보며 손을 뻗어 약혼반지를 집어 다시 손가락에 끼웠다.

"저는 고양이 알레르기가 있어요."

그리고는 마치 신호라도 받은 듯 다시 큰 소리로 재채기를 했다.

"이런, 조심하세요."

클레멘타인이 말했다. 그때 무언가 머릿속을 스치고 지나간 것 같아 조금 전의 대화를 다시 떠올려보았다. 그러고는 조용히 옆에 서 있는 라벨 씨를 쳐다보며 물었다.

"그런데, 은행이라니요?"

라벨 씨의 얼굴이 마치 셔터가 내려진 것처럼 바뀌었다. 그는 야옹거리는 고양이를 안아 클레멘타인에게 부드럽게 건네주었다.

"나가는 문을 안내해드릴게요, 마드모아젤. 보시다시피 저희가 오늘 좀 바빠서요."

'아, 이젠 다시 '마드모아젤'이군.'

클레멘타인은 어렵게 밝은 미소를 지으며 말했다.

"저는 회계 사무실에서 일해요."

이는 오해의 소지가 있지만 틀린 말은 아니었다. 회계 사무실을 운영하는 것은 외삼촌이다. 클레멘타인이 이전 직장에서 정리해고를 당하는 바람에 삼촌이 그녀가 자립할 수 있을 동안이라도 일할 수 있도록 임시직 일자리를 준 것뿐이었다. 사무실에서 그녀는 이때껏 차를 끓이고, 청소를 하고, 가끔은 전화 응대도 했다.

삼촌은 그녀의 일거수일투족을 감시하며, 마치 회계 사무실에서는 즐거움이라는 단어가 용납되지 않는다는 듯 그렇게 쾌활하게 있지 말라고 충고하곤 했다. 솔직히 말해 그곳만큼 쾌활함이 필요한 곳이 달리 없는데도 말이다.

클레멘타인은 고개를 한쪽으로 비스듬히 기울이고는 말했다.

"사무실은 저쪽 모퉁이에 있어요. 힐 앤 카루더스라고 혹시 아세요?"

사실 어울리지 않는 모습이기는 해도 자신이 숫자에 통달한 사람이면서 동시에 우호적인 사람처럼 보이도록 애썼다.

"어쨌든, 혹시라도 회계 장부 관련해서 도움이 필요하시다면……."

라벨 씨는 눈살을 살짝 찌푸리고 그녀를 바라보았다. 그 눈빛은 그 말이 거짓말이라고 말하는 것 같았다. 사실은 학창 시절에 수학 시험을 간신히 통과했다는 것을 이미 알고 있다는 듯 당황스럽게 만드는 눈빛이었다.

"도미닉."

레이첼이 경고하듯 그를 빤히 쳐다보며 그의 이름을 불렀다. 그녀는 클레멘타인에게 미소를 짓고는 다시 재채기를 했다.

"저는 라벨 씨의 조수예요. 앞으로도 계속 조수 일을 하고 싶고요."

"조수라고요?"

클레멘타인은 레이첼의 반짝거리는 약혼반지를 쳐다보며 물었다.

"그럼, 여자 친구가 아니라는 건가요?"

라벨 씨와 레이첼이 어안이 벙벙한 채 자신을 쳐다봤다. 방금 뱉은 말을 도로 주워 담을 수 있다면 얼마나 좋을까.

"죄송해요, 제가 상관할 일이 아닌데."

레이첼이 라벨 씨를 쳐다보고는 말했다. 그녀의 목소리가 조금 갈라졌다.

"그러니까, 제가 '이 사람'과 약혼했다고 생각한 거예요?"

라벨 씨는 눈썹을 치켜올렸다.

"무슨 말이에요, 그게?"

레이첼이 고개를 가로저으며 말했다.

"제 약혼자는 딜런이에요. 사귄 지 일 년 정도 되었는데, 몇 주 전이 우리 기념일이었어요. 그냥…… 음, 저는 그와 함께 살 집을 위해 돈을 모으고 있는 중이에요. 그래서 정말이지 이 일을 계속하고 싶어요. 그러니 뭐라도 도와주실 수 있는 게 있으시면……."

"레이첼, 그만해요."

라벨 씨가 노려보며 꾸짖자, 레이첼은 어깨를 으쓱하고는 뾰로통한 얼굴로 입을 다물고 눈을 돌렸다.

그는 클레멘타인을 향해 몸을 돌렸다.

"누군가 장부를 한번 살펴봐준다면 확실히 더 좋겠죠. 제가 원한 만큼 장사가 잘되지 않고 있어서……."

그의 입이 굳게 다물어졌다. 마치 마음속으로 자책하는 듯한 모습이었다. 그러고는 다시 말을 이었다.

"당신이 숫자를 잘 안다면."

그의 시선이 그녀의 몸매를 한번 훑은 후 다시 그녀의 얼굴로 돌아왔다.

"그렇다면 도와달라고 부탁드려야 할 것 같군요, 마드모아젤."

"클레멘타인이라고 불러주세요."

그는 정중함의 표시로 고개를 까딱했다. 그것은 로맨스 영화에서나 볼 수 있는 전통적인 프랑스식의 몸짓이었다. 그 몸짓을 본 그녀는 가벼운 현기증과 더불어 치명적인 사랑을 느꼈다.

아니, 욕망이라고 하는 것이 더 맞을 것이다.

그도 그럴 것이, 그는 너무나 매력적이었다. 사람들이 활보하는 공공장소에 드러내놓기에는 터무니없을 만큼 매력적이었다. 물론, 그럴 땐 그녀가 함께여야 하겠지만.

"언제요?"

클레멘타인은 가슴에 안은 고양이를 꽉 끌어안으며 물었다. 불쌍한 고양이가 숨이 막힌 듯한 소리를 내는 바람에, 바로 고양이에게 사과를 하고 팔의 힘을 뺐다.

라벨 씨는 그녀의 빠른 반응에 놀란 듯 눈을 깜빡거리며 대답했다.

"오늘은 어떤가요?"

빠르기도 하지. 클레멘타인은 그가 더더욱 맘에 들었다.

"오늘 괜찮아요. 시간은 언제가 좋으세요?"

그는 팔을 살짝 들어 손목시계를 보았다. 클레멘타인은 짙은 털이 난 그의 남성적인 팔뚝에 침을 꿀꺽 삼켰다.

"한 시간 후에는 제가 회의가 있고, 오후에는 위층을 좀 정리해야 해서……. 오늘 저녁은 어떠세요?"

"식사하면서요?"

그녀의 물음에 짙은 라벨 씨의 눈빛이 클레멘타인에게로 향했다.

"위(좋아요)."

그가 천천히 답했다.

"여기서 여섯 시에 볼까요?"

그가 고개를 끄덕였고, 그걸로 끝이었다. 클레멘타인의 심장이 기쁨으로 벅차왔다. 그와 데이트 약속을 잡은 것이다!

"장부를 준비해두겠습니다."

라벨 씨는 차분히 덧붙이고는, 그녀의 품에서 빠져나가려는 고양이에게는 눈길도 주지 않고 정중히 나가는 문을 가리켰다.

"저는 제 회계 기술을 챙겨 올게요."

클레멘타인은 재치 있게 응답하고, 라벨 씨가 자신을 내보내고 문을 잠그는 것을 지켜보았다. 가게 빗장을 잠그는 소리는 그다지 낭만적이지 못했다.

"흠."

마치 펀치라도 날리려는 듯 흰 발을 뻗은 채 자기를 못마땅하게 바라보는 고양이를 보며 그녀가 중얼거렸다.

"뭐, 그가 우리를 쫓아낸 건 아니잖아. 나갈 수 있도록 안내한 것뿐이지. 이제 네가 어느 집 고양인지 아는 사람이 있는지 좀 살펴봐야겠구나, 이쁜 고양이야."

좋아. 이것도 일종의 데이트라고 할 수 있다. 회계 장부와 작은 계산기가 함께하긴 하겠지만, 그래도 매력적인 남자와 함께하는 저녁 식사인 것이다. 마지막으로 그런 시간을 가진 게 언제인지 기억도 나지 않았다. 아니, 기억할 수는 있지만 그런 암울한 기억을 굳이 다시 떠올리고 싶지 않았다고 하는 편이 맞을 것이다.

사이먼은 찌질한 놈이었다. 그에 반해 도미닉 라벨은 완벽한 사람이다.

하지만, 클레멘타인과 끝날 때쯤에는 그 역시 찌질한 놈이 될지도 모를 일이다.

2

초콜릿 오르가슴을 바라다

"그래서, 라벨 씨는 어떤데?"

"멋져."

클레멘타인은 전화에 대고 한숨을 쉬었나.

"사실, 이루 말할 수 없을 만큼 멋져. 상큼함 뒤에 풍부한 맛의 씁쓸한 초콜릿 향이 살짝 따라오는 남자야."

"뭐라고?"

클레멘타인의 언니 플로리는 수화기 너머로 발끈하며 말했다.

"그 사람이 어떤 냄새가 나는지 알고 싶은 게 아니야, 클레멘타인. 세상에, 냄새를 맡아 볼 생각을 하다니 블러드하운드(사람을 추적할 때 이용하는 후각이 발달한 큰 개 - 역자 주)보다 더하네. 내 말은, 그사람이 어떻게 생겼냐고. 섹시해?"

"제일 더운 날 매콤한 고추를 한입 먹는 상상을 해봐. 그거의 한세 배쯤 핫해. 정말이지, 날 쳐다볼 때마다 조리 있게 말하는 힘이

사라져버린다니까. 그 짙은 눈빛…… 부드러운 초콜릿 빛깔의
눈빛이라니…….”

"정신 차려, 클레멘타인. 네가 지난번에 운명의 사람을 찾은 것
같다고 했을 때 어땠는지 기억이나 하니? 그 찌질한 놈 이름이 뭐
였더라? 스티브?"

"사이먼."

클레멘타인의 목소리에는 분노가 배어 있었다.

"그래, 그놈."

플로리가 심드렁하게 말했다.

"그놈이 널 지독하게 이용해먹고는 생일날 차버렸잖아. 그것도
이메일로 말이야!"

"어쩐 말하는 폼이 신난 것 같다, 언니."

"아냐, 클레멘타인. 난 그저 내 동생이 똑같은 실수를 반복하는
걸 보고 싶지 않을 뿐이야. 그 남자가 멋질지는 모르겠지만, 정말
환상적으로 잘생긴 사람들이 실제로는 어떤지 너도 잘 알잖아."

"허영심이 강하지."

클레멘타인은 지친 듯 답했다.

"그리고?"

"거만하고."

"그리고?"

"이미 임자가 있고."

"아니면 그런 사람들은 애초에 여자가 자기를 채 가도록 가만 있지 않을지도 몰라."

플로리의 목소리가 조금 누그러졌다.

"그래. 그 사람과 저녁 식사를 같이 해봐. 그 순간을 즐기는 거지. 그리고는 그 사람을 도로 놔주고 너는 그냥 계속 그렇게 살면 돼."

"언니 말이 맞아. 나도 그게 맞다는 건 머리로는 알고 있어. 이렇게 말하니 그가 물고기처럼 들리긴 하지만, 그게 맞는 거겠지. 그는 도로 놔주고, 나는 계속 그대로 살아간다."

"당연히 내 말이 맞지."

플로리는 클레멘타인과 함께 살고 있었다. 그녀는 조금 주저하며 말을 이었다.

"이따가 특제 트뤼플을 몇 개 꼭 챙겨 와야 해. 크리스마스 때 내게 사준 것 같은 거 말이야. 그 초콜릿은 입에서 정말 사르르 녹았는데. 그 초콜릿 이름이 뭐라고 했더라?"

"초콜릿 오르가슴."

"그래."

플로리는 웃음을 터뜨렸다.

"딱 맞는 이름이네. 라벨 씨가 네게 줄 수 있는 유일한 오르가슴이 초콜릿뿐이라면 안심해도 될 거야."

"언니!"

클레멘타인은 당황하면서도 웃음을 터뜨리며 소리쳤다.

"그냥 저녁 한 끼 먹는 것뿐이야."

"알았어, 알았어."

"난 절대…… 첫 데이트에…… 게다가 이건 데이트도 아니라고. 그냥 그 사람의 회계 장부를 봐주는 것뿐이야."

"물론 그러시겠지."

"이따 봐."

클레멘타인이 차갑게 말했다.

"네가 집에 살금살금 들어올 때 내가 여전히 깨어 있다면, 이따 볼 수 있겠지."

"잘 들어, 이 악마 같은 언니야—"

누군가 바로 뒤에서 헛기침을 하는 소리가 들렸다. 클레멘타인은 아무도 없는 사무실의 텅 빈 책상 위로 몸을 뻗어 기댄 채 전화를 하고 있다가 화들짝 놀랐다. 죄책감 같은 기분이 밀려왔다.

"끊을게."

클레멘타인은 서둘러 전화를 끊고 몸을 돌려 외삼촌, 그러니까 이 사무실의 사장님을 향해 달래듯 미소를 지었다.

"죄송해요, 삼촌. 누구와 전화하고 있었냐 하면……"

"내 여동생의 또 한 명의 수다스러운 따님이시겠지."

외삼촌이 덥수룩한 눈썹 사이로 불쾌한 시선을 보내며 냉소적으로 말했다.

제프리 삼촌은 머리가 조금 세고 다부진 몸을 한, 똑똑한 분위기를 풍기는 사람이었다. 양복 취향은 그다지 세련되지 않았지만, 늘 조금이라도 멋져 보이고 싶어 그저 그런 나비넥타이와 개성 있는 조끼를 입고 다녔다. 클레멘타인은 굳이 외삼촌의 그런 패션 취향을 지적해서 기분을 상하게 하려 하지는 않았다. 솔직히 말해 삼촌은 중년의 땅딸보 인형처럼 보였지만, 그만큼 귀여워 보이기도 했다.

클레멘타인이 이 사무실에서 일하기 전까지 제프리 삼촌은 그녀가 가장 좋아하는 삼촌이었다. 이제 자신의 상사가 되었다고 해서 삼촌이 싫어진 것은 아니지만, 어릴 때부터 익숙했던 그 푸근한 미소는 그녀가 복사기를 처음 고장 냈을 때 얼굴에서 사라져버렸다. 게다가 그녀가 점심 식사 후에 사무실에 늦게 돌아오기 시작하자 삼촌의 목소리는 확연히 잔소리 톤으로 바뀌어버렸다. 고작 몇 분 늦은 것뿐이었는데도, 날아간 시간에 대해 똑같은 잔소리를 반복해서 늘어놓기 시작했다. 그것도 무척이나 성가시게. 이제는 머릿속에서 그 잔소리가 가실 날이 없을 지경이었다.

하지만 그 회계 사무실은 할아버지 대에 밑바닥부터 시작해서 일군 사업으로 지금은 제프리 삼촌의 사업체였다. 그래서 클레멘타인은 실수로 그를 실망시키고 싶지 않았다.

클레멘타인은 자신이 사무직에 잘 안 맞을까 걱정했다. 회계 지식도 전혀 없는 데다 기계도 제대로 못 다뤄서 삼촌은 지극히 단순한 일들만 맡겼다. 요즈음 그녀가 하는 주요 업무는 먼지를 털고 진공청소기를 돌리는 것이었고, 가끔 파일 정리를 하는 정도였다.

하지만 그녀는 자기 몫의 생활비를 낼 수 있을 만큼의 돈을 벌어야만 했다. 그렇지 않으면 밤에 텔레비전을 볼 때마다 플로리 언니가 앞에서 얼쩡거리며 '부업'이라는 말을 중얼거리기 시작할 것이 분명했다. 삼촌은 그녀에게 꽤 후한 월급을 주었다. 맡기는 일이 거의 없음에도 불구하고.

사실 클레멘타인은 광고회사에서 계속 일을 하고 싶었다. 그 일은 전망도 좋고 무엇보다 재미있었다. 정리 해고가 닥치기 전까지는 말이다.

"클레멘타인, 내가 몇 번이나 사무실 전화로 개인 전화를 걸지 말라고 말했냐?"

삼촌이 질책했다.

"내가 네 언니와 너를 무척 아끼긴 하지만, 난 도대체 너희 둘이 왜 이렇게 항상 뭐든 공짜로 이용하려고 드는지 이해가 되지 않는구나. 다섯 시 삼십 분까지 아직 몇 분 남았으니 은근슬쩍 게으

름 피우려 하지 말거라. 몇 분 남았다는 게 무슨 말인지는 알지?"

"근무시간이라는 말씀이시잖아요."

"바로 그거야. 지금은 근무시간이라고."

삼촌은 뒤늦게 클레멘타인이 화장을, 그것도 보통 때보다 훨씬 공들여 고쳤다는 것을 깨달은 듯했다. 그는 얼굴을 찌푸린 채 그녀의 얼굴을 살펴보았다.

"오늘 어디 특별한 데라도 가니?"

클레멘타인은 전화를 받을 때 끄적거렸던 메모지를 삼촌이 알아차리지 못하도록 치우고는 그를 지그시 쳐다보았다.

"엄마에게 말하지 않는다고 약속하시면 말씀드릴게요."

"내가 스파이처럼 보이냐?"

제프리 삼촌이 따지듯 물었다.

"내가 네 엄마한테 월급이라도 받는 것 같아?"

"저녁 식사 데이트예요. 라벨 씨 댁에서요."

"누구?"

클레멘타인은 한숨을 내뱉었다.

"저쪽 모퉁이에 있는 초콜릿 가게에서 초콜릿 만드는 사람이요. 지하철 근처에 있는 프랑스 가게 말이에요."

"거기서 저녁을 먹는다고? 그곳이 식당이던가?"

그녀는 참을성 있게 설명했다.

"그 사람이 그곳에서 초콜릿을 만들어 팔아요."

제프리 삼촌은 당황하여 손으로 번들거리는 이마를 문질러댔다.

"그런데 왜 그 사람이 네게 식사하러 가자고 한 거냐?"

"사실은, 그 사람이 식사를 만들어줄 것 같아요. 그의 가게에서 만날 거라서요."

"맙소사."

삼촌은 코를 킁킁거리며 말했다.

"라벨이라. 그래, 나도 거기서 네 숙모에게 주려고 초콜릿을 한번 산 적이 있었지."

"어느 초콜릿을요?"

"초콜릿에 이름이 있던가?"

그녀가 고개를 끄덕이자 삼촌은 믿을 수 없다는 듯 눈을 끔뻑이고는 손을 휘저었다.

"잘 모르겠네. 기억하기로는 불그스름한 곤죽 같은 게 안에 들어간 작은 하트 모양의 초콜릿이었는데. 맛은 꽤 괜찮았어."

그녀는 만족스러운 듯 부드러운 소리를 내며 고개를 끄덕였다.

"스트로베리 하트네요."

"그래서 그 초콜릿 만드는 사람과 데이트를 한다고?"

"회계를 도와주는 거예요. 저녁 식사를 하면서요."

그 말에 삼촌은 그녀를 쳐다보았다.

"그런데…… 너는 회계는 아는 게 아무것도 없잖니."

"그 사람은 그 사실을 모르니까요."

"너는 덧셈도 제대로 못하잖아, 클레멘타인. 이번 주 찻값 계산한 것만 봐도 알 수 있는 사실이고말고."

"그 사실도 모르고요."

그녀는 얼굴을 찌푸리며 잠시 말을 멈췄다.

"그런데, 제가 계산한 찻값이 틀렸나요?"

"그런 것 같더구나. 네가 계산하느라 끄적인 종이를 봤더니 0을 하나 더했더라고."

"그게 무슨 차이가 있나요?"

제프리 삼촌은 벽에 걸린 시계를 쳐다보았다. 다섯 시 삼십 분이 지난 시간이었다. 그는 밝은 푸른색과 오렌지색이 섞인 나비넥타이를 고쳐 맸다.

"어서 가서 데이트를 즐기렴."

그는 살짝 비꼬듯 말했다.

"그리고 공짜 초콜릿들도 좀 즐기고 말야."

"감사합니다."

클레멘타인은 가방을 움켜쥐고 문으로 향했다. 문을 나서며 고개를 돌려 쾌활하게 말했다.

"그가 (초콜릿)오르가슴을 많이 선사해줬으면 좋겠네요!"

농담의 의미를 설명해주면 재미가 덜할 터였다. 게다가 외삼촌은 놀란 나머지 킥킥거리느라 그녀의 설명을 아마도 듣지도 못했을 것이다.

흰색 고양이가 가게 문턱에서 또 클레멘타인을 기다리고 있었다.

"안녕."

고양이 귀 뒤를 쓰다듬으려 허리를 굽히며 그녀가 말했다.

"아직 여기 있는 거야? 너도 나처럼 달콤한 것들에게서 떠나지 못하는 건가 보구나."

그날 아침 클레멘타인은 몇몇 주변 상점 주인에게 고양이 주인에 대해 물어보았다. 하지만 아무도 그 동네에서 길 잃은 고양이는 물론, 흰 페르시안 고양이를 본 적 없다고 했다. 그래서 클레멘타인은 어쩔 수 없이 고양이를 혼잡한 인도에 내려놓고는, 고양이가 사람들 사이로 멀어져 가는 걸 두려운 눈으로 바라보았다. 고양이는 어디로 가야 하는지 확실히 아는 듯이 사람들 사이를 요리조리 가로질러 멀어져 갔다. 집에 가는 것일 거라고 클레멘타인은 생각했다.

하지만 고양이는 여전히 이곳, 초콜릿 가게 앞에 있었다.

"암컷이에요."

갑자기 부드러운 남자 목소리가 들려왔다.

"제가…… 음…… 확인해봤어요."

클레멘타인은 놀라서 몸을 갑자기 일으키느라 하마터면 문틀에 부딪힐 뻔했다. 그녀는 자신이 라벨 씨의 차가운 눈을 정면으로 바라보고 있다는 것을 알게 되었다.

"아, 안녕하세요."

그녀는 조금 가쁜 숨을 쉬며 말했다. 하루 종일 그를 생각했지만 가까이서 봤을 때 그가 얼마나 섹시한지는 그새 잊고 있었던 것이다.

귀족처럼 생긴 코에, 다소 근엄한 입매, 그리고 그의 냉담한 분위기를 완전히 덮어줄 만한, 짙고 이글거리는 전형적인 프랑스인의 눈을 가지고 있었다. 그 불타는 눈빛을 보면 활활 타는 불꽃 앞의 양털로 된 양탄자 위에서 보내는 길고 긴 밤들이 저절로 상상되었다. 비록 그녀가 침대가 아닌 그런 양탄자 위에서 밤을 보낸 적은 한 번도 없었지만 말이다. 사실 양탄자 위에서 밤을 보내는 것은 조금 불편할 것 같았다. 전에 캠핑을 한번 가본 적이 있는데, 어둡고 축축한 텐트 안의 에어매트리스 위에서 뒤척이며 보냈던 일곱 시간은 결코 즐거운 기억이 아니었기 때문이다.

하지만 그의 눈은 섹시한 무언가가 있었다.

"봉주르(안녕하세요), 클레멘타인."

천천히 자신을 훑어보는 그의 눈빛에 마치 따뜻한 밀크초콜릿으로 뒤덮이는 것 같은 기분이 들었다. 그가 자신의 이름을 부르는 소리도 마음에 들었다. 마치 클레멘타인이라는 이름을 그의 혀로 음미하는 것만 같았다. 조금 땀이 나는 것 같은 기분이 들기 시작했다. 라벨 씨가 말했다.

"그런데 당신 말이 맞는 것 같아요."

이번에는 그를 라벨 씨라는 호칭으로 생각하지 않으려 애썼다. 그 이름의 울림은 너무나 달콤해 몸이 떨려왔다. 도미닉이라는 이름이 훨씬 더 인간적이고, 뭔가 좀 통할 수 있는 사람처럼 느껴졌다. 순간 그녀는 그가 대답을 기다리고 있다는 것을 깨달았다.

"아, 무슨 말이에요?"

"고양이가 길을 잃은 게 분명해요."

그는 몸을 살짝 틀어 가게 안으로 들어오라고 손짓했다. 고양이까지 가게로 따라 들어온 후에 도미닉이 문을 닫았다. 문에 달린 종이 딸랑거리며 기분 좋은 옛날식 멜로디 소리를 냈다. 그는 문을 잠그고 가게 표지판을 '영업 끝' 쪽으로 돌려놓았다.

"당신이 떠나고 나서 몇 시간 후에 고양이가 돌아왔어요. 하도 구슬프게 울길래 결국 참치를 조금 먹여주었지요."

"고양이가 암컷……이에요?"

도미닉이 고개를 끄덕였다.

"제가 확인해본 바로는요."

그의 미소로 다소 냉담했던 분위기가 사르르 녹는 것 같았다.

"제가 전문가는 아니지만 고양이가 수컷이었다면 아마 더 확실히 알 수 있었을 거예요."

"아, 그렇겠죠. 그런데 이제 고양이가 여길 뜨지를 않네요."

"참치가 절대적인 역할을 한 거죠. 몰랐어요? 어떤 거든 통조림에 든 생선이나 고기는 그렇잖아요……. 이젠 절대 저 고양이를 멀리 보내버릴 수 없을 거예요."

"좀 지나고 나서야 깨달았죠. 하지만 배가 무척 고파 보여서요. 사실 울음소리가 그렇게 들렸다는 것이 더 정확하지만 말이죠."

"고양이들은 항상 그래요. 재능을 타고났죠."

"아, 비앙(맞아요)."

둘은 흰색 페르시안 고양이를 찬찬히 살펴보았다. 고양이는 자신을 쳐다보는 척하며 서로의 눈을 의식적으로 피하는 두 사람은 신경도 쓰지 않고, 깔끔하고 꼼꼼하게 털을 핥았다.

"자."

클레멘타인이 나지막히 말했다.

"제게 보여줄 회계 장부가 있다고 했죠?"

"네, 이쪽으로 와요."

그는 불 꺼진 좁은 가게 안으로 그녀를 데려가, 이전에는 알아차리지 못했던 카운터 뒤에 숨겨진 문으로 안내했다. 문 뒤에는 가파른 계단이 있었다. 그를 따라 계단을 올라가서 또 다른 문을 지나 아일랜드식 주방이 딸린 조명이 밝게 켜진 장소에 다다랐다. 문은 두 개 더 있었는데 그 문들은 각각 욕실과 침실로 이어지는 문일 것이라 생각했다.

그곳은 디자이너들이 꿈꾸는 것처럼 얼룩 하나 없이 깔끔하고 고상하게 꾸며져 있었다. 흰색 일인용 가죽 소파 앞에는 유리로 된 커피 탁자가 있었고, 탁자 위에는 물방울 모양으로 생긴 화병에 흰 장미 몇 송이가 담겨 있었다. 옅은 크림색 벽에 걸린 현대 화가의 그림들의 밝은 색이 방에 극적인 분위기를 더해주고 있었다. 하얀 돌로 만들어진 벽난로에는 가짜 통나무가 불타는 모습이 보여지고 있었고, 벽난로 한쪽에는 멋진 누드 조각상이 서 있었다.

도미닉의 집은 클레멘타인의 지저분한 거실과는 완전히 상반되는 분위기의 공간이었다. 그녀의 거실은 실로 짠 담요로 덮인 오래된 소파가 자리를 한가득 차지하고 있었고 여기저기 책이 쌓여 있었다. 거실은 플로리 언니와 함께 쓰는 공간인데, 도서관 사서 일을 하는 언니는 책을 좋아하지만 클레멘타인 만큼이나 정리에는 소질이 없었기 때문이다.

"이 위쪽에 집이 있었군요."

호기심에 찬 눈으로 둘러보며 클레멘타인이 말했다.

"멋지네요."

거실 창 아래로 도로 쪽이 내려다보였다. 그녀는 창틀 아래의 예쁜 가게 간판을 내려다보며 감탄했다.

"일하기에도 정말 편하겠어요. 저는 매일 출퇴근을 해야 하는데 그게 보통 어려운 일이 아니거든요."

클레멘타인은 아무것도 건드리지 않으려 조심하면서 방 안을 돌아다녔다. 그녀는 행동이 하도 어설픈지라, 조심하지 않으면 분명 뭔가를 깨뜨릴지도 몰랐다.

"와, 정말 멋지네요."

소파 옆 탁자 위에 놓인 크고 동그란 어항을 발견했다. 안에는 통통한 금붕어 한 마리가 유유히 헤엄을 치고 있었다. 클레멘타인은 몸을 굽혀 감탄하는 눈으로 물고기를 바라보며 물었다.

"물고기 이름이 뭔가요?"

"미란다예요."

"아, 암컷이군요. 음, 사랑스럽게 생겼네요."

이리저리 얽힌 잡초 사이의 모조 난파선 속으로 헤엄쳐 들어가는 금붕어의 부풀어 오른 배를 보면서 생각했다.

'미란다에게 밥을 너무 많이 주는 것 같네.'

그건 쉽게 해결할 수 있는 문제였다.

'쓸데없이 머릿속으로 그의 생활에 상관하려 하지 마.'

클레멘타인은 속으로 스스로를 단호하게 꾸짖고 몸을 일으켰다. 물론 일어나기 전에 물고기 밥통을 장미가 가득 꽂힌 화병 뒤에 살짝 숨겨놓는 것도 잊지 않았다.

도미닉은 널찍한 대리석 상판이 있는 주방 식탁 위에 거래 장부와 문서들을 펼쳐놓았다.

"여기 앉아요."

그는 식탁 옆에 놓인 높은 금속 의자 중 하나를 가리키며 말했다.

"시작할까요? 당신이 파스타를 좋아하면 좋겠군요."

그는 요리를 시작하려는 듯 재빠르고 자신 있는 숙달된 손길로 흰 셔츠 소매를 말아 올렸다. 시선은 최신식 레인지 옆 조리도구 선반에 걸린 바닥이 은색인 큰 프라이팬으로 향하고 있었다.

"저녁 식사로 간단한 프뤼 드 메르(해산물) 스파게티를 만들까 하는데요. 후식은 초콜릿 트뤼플을 곁들인 쿠앵트로(오렌지 껍질로 만든 맑은 술 - 역자 주)로 하고요. 저만의 특별 레시피지요."

'간단하다고?'

그가 음식을 묘사하는 방식은 정말이지 매혹적이었다.

"아, 그건 아주……."

'말을 마구 내뱉지 말자.'

클레멘타인은 마음속으로 결심했다. 도미닉이 그녀가 바라보는 가운데 그 멋진 구릿빛 팔뚝으로 후추를 갈고 양파를 볶으며 요리를 한다는 생각만으로도 저절로 미소가 피어오르려는 것을 애써 억눌러야 했다. 그녀는 점잖게 말을 맺었다.

"파스타 좋아해요. 고마워요."

"잘됐네요. 파스타는 제가 제일 좋아하는 음식 중 하나거든요."

클레멘타인이 불쑥 말했다.

"당신이 가장 좋아하는 음식은 분명 초콜릿일 줄 알았는데요."

"그렇진 않아요. 보통 때 초콜릿을 먹는다는 건 제겐……."

그는 눈썹을 찡그렸다.

"그걸 영어로 뭐라고 하지요? '이름 없는 휴가'라고 하던가요?"

"'이름뿐인 휴가(쉴 때조차 평소에 하던 일을 계속하는 것을 가리키는 표현 – 역자 주)'를 말하는 거지요?"

그녀는 고개를 끄덕였다.

"이해가 되네요. 하루 종일 초콜릿을 가지고 일을 하니 평소엔 뭔가 다른 걸 먹고 싶겠죠."

도미닉은 감미로운 레드 와인을 한 잔 따라 건네고는 길고 짙은 속눈썹 사이로 그녀를 바라보았다. 클레멘타인은 감사를 표하고 한 모금 맛을 보고는, 따뜻하고 풍부한 와인의 향에 빠져들었다.

"맛이 좋네요."

그가 자신을 다소 대담한 여자로 여기지 않기를 바라면서 그와 눈을 맞추었다.

'남자들은 늘 내가 너무 대담하다고 불평하지.'

그녀는 반항하듯 생각했다.

'너무 적극적이라고 생각하거나. 기다려야 하는 순간에 먼저 선수를 친다고 말이야.'

하지만 선수를 치는 건 너무 재미있는걸!

"잘됐네요. 파스타에는 원래 화이트 와인을 곁들여야 하지만 왠지 당신은 레드 와인을 좋아할 것 같았어요. 제 생각이 맞았나요?"

클레멘타인은 눈을 동그랗게 뜨고 답했다.

"맞아요."

그녀와 눈을 맞추면서 도미닉이 물었다.

"트뤼플 초콜릿을 누가 처음 만들어냈는지 알아요, 클레멘타인?"

그의 눈빛에 다시 몸이 달아오르고 땀이 나기 시작했다. 클레멘타인. 그가 이름을 부를 때면 마치 꿀이 떨어지는 것 같았다.

클레멘타인은 말없이 고개를 가로저었다.

"페트루첼리라는 매우 재능 있는 제과업자였어요."

"이탈리아인이었나요?"

"아마도 이탈리아 출신일 거예요. 잘 모르겠네요. 나중에 찾아보고 알려줄 수 있긴 하지만요."

그는 미소를 지으며 의자를 하나 잡아 뺐다. 그리고는 클레멘타인의 허리 뒤에 손을 대 살짝 밀며 그 의자에 앉도록 했다.

"페트루첼리는 1895년에 샹베리에서 트뤼플을 처음 만들었어요. 샹베리가 어딘지 알아요? 스위스와 이탈리아 사이 국경에서 그다지 멀리 떨어지지 않은 곳이에요. 론강과 알프스산맥이 있는 사부아라는 고원지대에 있는 무척 아름다운 프랑스 마을이죠. 저도 프랑스 남부 출신이에요. 해변가 근처의 작은 마을 출신이긴 하지만요."

그는 클레멘타인 옆의 의자에 올라앉으며 어깨를 으쓱했다.

"한여름이면 알프스 산맥 위쪽은 정말 더워요. 그래서 항상 페트루첼리가 그 더위에 초콜릿을 어떻게 시원하게 보관할 수 있었는지가 궁금했어요. 겨울에만 제품을 만들었을지도 모르죠. 그 지역 귀족들을 위해서 말이에요."

그녀는 지금보다 조금 더 젊은 시절의 도미닉을 상상했다.

'아마도 이 세상 사람 같지 않게 멋있었겠지.'

끝없이 펼쳐진 파란 하늘 아래 길고 긴 뜨거운 여름을 해변에서, 그리고 산비탈에 있는 포도밭의 먼지투성이 흙에서 놀고 있는 짙은 눈을 한 청년 도미닉을 상상했다. 클레멘타인은 문득 도미닉이 이후에 고향에 가봤는지 궁금해졌다. 왠지 휴가 때 가봤을 것 같다는 생각이 들었다.

그가 딱 달라붙은 검은색 수영복만 걸친 채 파도 거품이 가득한 따뜻한 바다에서 걸어 나오는 것을 생각하자니 침이 꿀꺽 넘어갔다. 도미닉은 고개를 한쪽으로 갸웃하고는 그녀를 호기심 어린 눈으로 바라보았다.

"왜요?"

그녀는 달아오른 얼굴을 애써 진정시켰다.

"아니에요. 프랑스 남부에 산다는 게 너무나 전원적인 것 같아서요. 그런데 무엇 때문에 런던에 오신 거예요? 런던은 온통 회색빛에 우중충하잖아요. 아무런 색깔도 없죠. 당신이 자란 곳은 이 우울한 동네보다는 말도 못하게 훨씬 더 낭만적일 것 같은데 말예요."

"하지만 지금은 여기 있잖아요."

뜻밖에도 그가 미소를 지었다.

"그래요, 뭔가 상반되어 보이죠. 하지만 그게 저예요. 상반된 거."

"뭐, 어쨌든 일관성 있는 사람이 누가 있겠어요."

"일관성은 디저트 만들 때나 필요한 거지요."

"그러니까요."

그는 웃음을 터뜨렸다.

"나 혼자만을 위해서가 아니라 다른 누군가를 위해 요리를 하는 건 기분 좋은 일이네요. 혼자서는 거의 요리를 하지 않거든요.

그냥 샌드위치나 수프 같은 걸 먹고 말아요. 쎄 뚜(그게 다예요)."

그는 거래 장부 중 하나를 펼쳐 페이지를 뒤적거렸다.

"하지만 저녁 식사를 하기 전에 르 트라바이으(노동)를 좀 해야 할 것 같군요. 이게 지난 육 개월 간의 우리 가게 판매 내역이에요. 비용 지출은 대부분 이 폴더에 있고요. 그리고 이게 우리 가게 판매액과 간접비 등을 기록해둔 곳이에요. 이 숫자들이 당신에게 뭘 보여주는지 어디 한번 살펴보도록 하죠."

'수학이라. 아, 즐거워라.'

클레멘타인은 다소 과장된 미소를 지었다. 똑똑해 보이려 애쓰고 있는 모습이 혹시라도 정신이 나간 것처럼 보이는 건 아닐지 염려가 되었다.

"해보죠, 무슈. 제 이름에 '매쓰(수학)'가 들어가잖아요."

도미닉은 놀라 그녀를 바라보았다.

"브레멍(진짜로요)?"

"음, 아뇨, 아니에요. 농담이었어요."

그녀는 그의 지긋한 눈빛에 무척이나 허둥댔다.

"제 미들 네임은 베로니카예요. 엄마가 지었어요."

그의 짙은 눈이 계속해서 차분히 그녀를 응시했다.

"그렇군요."

"자, 검토해봅시다!"

클레멘타인은 당황하여 폴더 하나를 확 가져오다 와인 잔을 툭 치고 말았다.

하지만 도미닉이 넘어지려는 와인 잔의 손잡이를 놀라우리만치 빠른 반사 신경으로 잡아 바로 세웠다. 단 한 방울의 와인도 쏟아지지 않았다.

"와우."

그녀는 그를 쳐다보았다.

"미안해요."

그가 부드럽게 말했다.

"검토하세요."

"아, 네."

그녀는 폴더를 열어 그 안의 두꺼운 종이 뭉치들을 바라보았다. 종이마다 어지러운 숫자들이 가득했다.

"어디…… 해보죠."

3

커피를 뒤집어쓰다

"그래서 어땠어?"

열한 시 삼 분 전에 클레멘타인이 집에 들어오자 곧바로 플로리가 물었다. 클레멘타인은 짐짓 모른 체하며 말했다.

"무슨 말이야?"

"클레멘타인, 몇 시간이나 그 남자와 함께 있었잖아. 빨리 털어놔봐. 어땠어? 키스도 했어?"

"무슨 말을 하는 건지 도통 모르겠네."

그녀는 다소 도도하게 말했다.

"거짓말쟁이."

플로리가 퉁명스러운 말투로 말했다.

클레멘타인은 초록색 숄을 풀고 코트를 벗었다. 엉망진창으로 어지럽혀져 있는 집 안을 뽐내듯 걸어 들어가다가 내팽개쳐져 있던 신발에 발이 걸려 우스꽝스러운 모습으로 휘청거렸다. 그녀는 언니의 웃음소리를 못 들은 척하며 초연한 표정으로 허름한 소파에 몸을 던졌다.

"라벨 씨가 요리를 하는 모습은 정말 꿈만 같았어."

클레멘타인은 머리 뒤로 손깍지를 끼며 털어놓았다.

"몽정이라도 할 만큼 섹시한 꿈?"

"하하."

"어서, 클레멘타인. 정말 섹시한 프랑스 남자와 데이트를 한 거잖아. 이렇게 궁금하게 만들 거야? 그 사람이 네게 키스했냐고. 알려줘, 빨리."

클레멘타인은 눈을 감으며 저녁 시간을 회상했다. 그녀는 도미닉의 장부를 살펴본 후 식탁에서 함께 친밀하고도 맛있는 식사를 했다. 그가 만든 트뤼플은 엄청나게 맛있었다. 그리고 나서 도미닉은 그녀가 코트를 입도록 도왔고 계단에 있는 흰 페르시안 고양이를 지나 아래층 상점으로 내려가도록 안내했다.

계단을 다 내려가 가게로 이어지는 문을 열기 전에 도미닉은 그녀에게 미소를 지어 보이며 말했다.

"오늘 밤 장부 살펴보는 걸 도와줘서 고마워요."

예상치도 못하게 그는 클레멘타인의 뺨에 입을 맞추려 몸을 기울었다. 호의의 표시로 가볍게 볼에 입을 맞추려 했던 것이 분명했다. 하지만 그녀가 그 순간 뭔가 말을 하려고 고개를 살짝 돌려버린 것이다.

서투른 클레멘타인. 플로리는 늘 그렇게 말했다. 그녀가 고개를 돌리는 바람에 볼에 맞추려던 입술이 잘못해서 그녀의 입술로 향하게 된 것이었다. 황홀하고도 충격적인, 숨이 멎을 것만 같은 실수였다. 지금 그녀는 그 사건을 생각하면서 입술이 부딪히던 순간의 충격과 환희에 다시 한번 아득한 기분을 느끼고 있었다.

정말이지 엄청난 키스였다.

입술은 곧바로 떨어졌지만, 몸이 떨리며 간질거렸고 신경이 곤두섰다. 그의 목에 팔을 감고 싶은 미칠 듯한 열망에 휩싸였다. 클레멘타인은 키스를 했냐는 플로리의 질문에 천천히 답했다.

"그렇기도 하고 아니기도 해."

그러고는 무슨 일이 있었는지 설명해 주었다.

"하지만 무엇보다 중요한 건, 내가 오늘 밤 그의 장부를 살펴봐 주었다는 거지. 그리고 그거 알아? 심지어 장부의 숫자들이 이해가 되더라니까!"

클레멘타인은 자신의 얼빠진 모습을 보고 즐거워하는 언니의 신경을 분산시키려 애쓰며 말했다. 그녀는 눈썹을 치켜올렸다.

"그건 못 믿겠는데."

클레멘타인도 바로 인정하고는 말했다.

"음, '이해했다'라는 말은 좀 과장일 수도 있겠다."

숫자라는 건 애초에 그녀가 자연스레 이해할 수 있는 것이 아니었다.

"하지만 완전히 이해 못할 정도까진 아니었어. 장부를 처음 건네받았을 땐 조금이라도 알 수 있는 부분이 있을 거라고는 생각도 못했는데 말이야. 심지어 약간의 조언까지 해줬다니까."

"아, 정말 잠이나 자야겠다."

플로리는 중얼거리면서 벌떡 일어나 침실로 향했다.

"클레멘타인, 미안하지만 네가 누군가에게 회계 관련 조언을 주는 건 그 사람을 파산하게 만드는 지름길로 안내하는 거나 마찬가지야. 그 사람은 왜 제프리 삼촌 같은 진짜 회계사에게 상담을 받지 않는 거야?"

"그 사람, 좀 고집스런 성격인 것 같아. 게다가 지금은 재정적인 곤란을 겪고 있어서 회계사에게 돈을 내고 맡길 형편도 못 되고."

"저런. 너와 데이트했던 그 화가도 파산하지 않았던가?"

"톰 말이야?"

클레멘타인의 얼굴이 붉어졌다.

"도미닉은 그 화가랑은 전혀 달라. 게다가 그건 몇 년 전 일이잖아. 톰의 잘못도 아니었고. 그 사람의 전 아내가 그를 탈탈 털어먹은 것뿐이지."

"도미닉?"

플로리가 눈을 가늘게 뜨며 물었다.

"라벨 씨의 이름이야."

"도미닉 라벨이라. 멋진 이름이네. 프랑스 영화배우 같은 이름인걸. 나도 그 주방의 화신을 한번 만나봐야 할 텐데."

클레멘타인은 하품을 하며 기지개를 켰다. 그녀 역시 피곤했으나, 기분 좋은 피곤함이었다. 그 훌륭한 음식들은……

클레멘타인이 문득 생각난 듯 말했다.

"참, 그가 만든 트뤼플은 정말 엄청나."

"그래. 분명 남김없이 죄다 먹어치웠겠지."

플로리는 무미건조한 목소리로 책과 카디건을 집어 들고 슬리퍼를 신고는 욕실 쪽으로 발을 끌며 걸어갔다.

"양치하고 자러 갈게, 클레멘타인. 잘 자."

"그래, 잘 자."

플로리가 씩 웃으며 말했다.

"달콤한 꿈 꾸셔!"

편안한 소파에 홀로 남은 클레멘타인은 기지개를 켰다. 정적 속에서 눈을 감고는, 자기가 고개를 돌리는 바람에 둘의 입술이 스쳤던 순간을 떠올렸다. 그 순간 몸과 마음을 가득 채운 예상치 못한 환희를 다시 되새겼다.

'정말 말도 안 되는 사건이었어.'

맛있는 식사에 매력적인 프랑스 남자와 함께한 시간, 그 감질나던 짧은 입맞춤……. 그녀는 사랑에 빠져버렸다.

하지만 그 안에는 함정이 있는 것이 분명했다.

그 주말 이후로도 여전히 가게의 진열창에는 초콜릿이 보이지 않았다. 클레멘타인은 가게 앞에 멈춰 선 채 빈 가게 내부와 선반들을 찬찬히 들여다보며 도미닉의 장부에 관한 자신의 조언이 생각보다 쓸모가 없진 않았나 걱정이 되었다. 시간을 확인하려 휴대전화를 들여다보았다. 사무실에 또 다시 지각을 하고 싶지는 않았다. 그때 가게 안쪽에서 누군가 움직이는 것을 알아채고는 자신도 모르게 가게 유리를 손으로 가볍게 두드렸다.

잠시 후 도미닉이 문을 열었다. 지난번처럼 색이 바랜 청바지를 입고 있었고, 머리는 마치 좌절하여 손으로 헤집은 것처럼 흐트러져 있었다.

"안 좋은 때 찾아온 건가요?"

너무 들이대는 것 같아 보이지 않기를 바라며 물었다. 도미닉은 살피듯 그녀를 바라보고는 고개를 저었다.

"클레멘타인."

나지막한 프랑스 악센트가 그녀의 마음을 흔들었다.

"실 트 플레(잠시만요)."

요전의 그 고양이가 텅 빈 유리 카운터 위에 몸을 완전히 둥글게 말고 잠들어 있었다. 그녀가 잠시 멈추어 쓰다듬으려 하자 고양이가 졸린 고개를 살포시 들었다.

클레멘타인은 고양이 귀 뒤를 쓰다듬으며 말했다.

"주말 내내 이 멋진 고양이 생각이 머릿속을 떠나질 않더라고요. 이름이 뭔지 궁금하네요."

고양이는 한쪽 발을 뻗으며 크게 그르렁 소리를 내었다.

"누구 고양이인지도 궁금하고요. 이름표가 달린 목걸이가 없다니 유감이에요."

"고양이가 거기 있는지도 깜빡하고 있었네요. 가게 안에 동물을 두면 안 되는데."

그는 후회 섞인 표정을 지으며 중얼거렸다.

"여긴 먹거리를 파는 가게이니까요."

"그건 실제 가게 문을 열었을 때나 해당되는 말이죠."

그녀가 상황을 상기해주자 도미닉이 입을 삐죽거렸다.

"아, 위(그렇군요). 영업을 하고 있지 않을 때는 큰 문제가 아니겠군요. 그래도 고양이는 밖에 둬야겠어요. 고양이가 가게 안에서 발견되면 벌금을 물 수도 있거든요."

"하지만 정말 예쁘고 잘 관리된 고양이예요. 분명 누군가 이 아이를 미친 듯이 찾아다니고 있을 거예요."

"저도 그렇게 생각해요."

고양이의 부드러운 턱 아래를 쓰다듬으며 그가 나직이 말했다.

"그래서 오늘 아침에 동물병원에 데려갔었어요. 하지만 고양이
에 칩이 부착되어 있지도 않고, 동물병원 고객 명단에도 없더군요.
아무도 실종 신고를 하지 않은 것 같아요. 이상한 일이에요."

클레멘타인은 그의 사려 깊은 행동에 감동해서 바라보았다.

"정말 멋진 생각을 하셨네요. 저라면 그렇게 할 생각도 못했을 거
예요. 그런데 병원에서 고양이 주인을 찾아줄 수는 없었나 봐요?"

"네. 고양이 보호소로 넘기는 방법도 있긴 했지만, 완전히 포화
상태더군요. 전화를 해봤는데, 빈자리가 없었어요. 그나마 가장
가까운 보호소도 몇 마일이나 떨어져 있어서, 그냥 보호소에 자
리가 날 때까지 고양이를 데리고 있겠다고 했죠. 그쪽에서 그동
안 문의해볼 수 있는 곳들의 전화번호 몇 개를 알려주긴 했어요.
동물병원, 애완동물 보호소, 지역 라디오 방송국 같은 곳들이요."

"하지만 솔직히……."

도미닉은 양손을 펼치고 부산한 눈빛으로 가게를 둘러보며 말
을 이었다.

"전화를 할 만한 시간이 안 나네요. 가게를 닫고 프랑스로 돌아
가야 할지 아니면 은행을 설득해서 대출 기한 연장을 받을 수 있

는지를 알아봐야 할지 아직 결정을 못 하고 있거든요."

"그럼 제가 도와드릴게요. 그 전화번호를 저한테 알려주세요. 점심시간에 전화를 걸어볼게요."

클레멘타인이 즉시 말했다.

"하지만……."

"제 잘못인걸요, 도미닉."

망설이는 그에게 전화번호를 달라고 손을 내밀었다.

"애초에 제가 끼어들지 않았더라면 고양이가 가게 안에 들어올 일이 없었을 거예요. 그러니까 당신 대신 제가 고양이의 진짜 주인을 찾아야 하는 게 맞죠."

"비앙(좋아요). 따라와요. 전화번호를 찾아볼게요."

가게 뒤편으로 향하는 그를 따라 찰랑거리는 구슬 커튼을 젖히고 안으로 들어갔다. 도미닉은 셔츠를 청바지 안으로 넣어 입고 있었다. 딱 붙는 바지 위로 그의 탄탄한 엉덩이가 드러나 있었고 클레멘타인의 시선은 당연하게도 그곳으로 향했다.

'세상에.'

그녀의 뺨이 붉어졌다.

"레이첼은 어디 있어요?"

클레멘타인이 물었다.

"계속 재채기를 하더군요."

도미닉이 아무렇지도 않게 답했다.

"게다가 할 일도 없어서 한 주 쉬라고 했어요. 유급으로요. 내가 제대로 된 결정을 내릴 때까지. 원래는 이번 달 말에 가게 임대 계약이 끝나면 문을 닫고 임대 계약 갱신을 하지 않으려 했어요. 그런데 지금은……."

그는 고갯짓으로 주방의 작은 아침 식사용 바에 앉으라 하고는 커피 기계를 살폈다.

"커피 한잔 할래요?"

"좋아요. 고마워요. 설탕은 빼고 우유를 좀 넣어주세요."

"기억하고 있어요."

도미닉이 말했다.

클레멘타인은 의자에 앉아 삼촌에게 급히 문자를 보냈다.

'좀 늦어요. 될 수 있는 대로 빨리 갈게요. 죄송해요!'

'악의 없는 거짓말일 뿐이야.'

그녀는 양심의 가책을 느끼며 속으로 생각했다. 아침에 휴대전화에 깔린 앱을 확인해보니 디스트릭트 노선과 서클 노선 어디에선가 신호 문제가 생겨 사무실 방향으로 오는 지하철이 연착되고 있었다. 그래서 승강장에서 오래 기다리지 않으려고 같은 방향으로 출근하는 이웃의 차를 얻어 타고 근처까지 왔던 것이다.

뭐 어쨌거나 제프리 삼촌은 사무실에 그녀가 있는 것을 별로 좋아하는 것 같지는 않았다. 한 주 내내 그녀를 보고 얼굴을 찌푸려댔기 때문이다. 그녀가 사무실의 기계들을 또 잘못 건드려 고장을 내버렸으니 어쩔 수 없는 일이었다. 그러니 또 삼십 분쯤 늦는다고 해도 삼촌이 그렇게 크게 문제 삼지는 않을 것 같았다.

클레멘타인은 휴대전화 전원을 꺼버리고 매우 섬세하게 보이는 커피 잔 두 개를 꺼내놓는 도미닉을 바라보았다. 그들이 같이 앉아서 커피를 마시는 것은 이번이 두 번째였다. 그녀의 기억 속에 지난번 저녁 식사 후 그가 커피를 준비하던 모습이 되살아났고, 이어 볼에 입을 맞추려다 자신의 실수 때문에 벌어진 일이 다시 떠올랐다. 예상치 못했지만 멋있었던 실수. 조짐이 좋았던 실수였다. 클레멘타인은 대담하게 물었다.

"그런데 왜 생각이 바뀐 거예요?"

그는 커피 향 가득한 김이 피어나는 커피 잔을 건넸다. 그의 시선이 클레멘타인의 얼굴에 머물렀다.

"당신 때문에요."

"나 때문에요?"

"당신의 충고 말이에요."

말을 정정하는 그의 뺨이 살짝 붉어지는 것을 알아챘다.

"제가 장부를 살펴본 뒤에 말이에요?"

도미닉은 맞은편에 앉아 천천히 고개를 끄덕였다. 잠시 동안 그는 생각에 빠진 것 같더니 곧이어 설탕 통에서 작은 황갈색 각설탕 한 덩어리를 꺼내 커피에 넣고 저으며 말했다.

"당신 덕에 상황이 생각보다 절박한 것은 아니라는 걸 알게 되었어요. 유지비를 줄이는 방법과 운영을 간소화하는 방법에 대한 당신의 의견도 정말이지 통찰력이 있었어요. 당신이 돌아간 뒤에 아버지에게 전화해서 그 점들에 대해 이야기를 나눴어요."

'아, 이런.'

클레멘타인은 갑자기 걱정이 되었다. 자신의 조언이 완전 허무맹랑했던 것이 아니길 바랐다.

도미닉은 속눈썹을 깜빡이며 말했다.

"나는 아버지와 그다지 친하게 지내진 않았어요."

곧 그는 먼 곳을 바라보며 말을 이었다.

"그래서 좀 힘든 대화였지요. 하지만 아버지와 대화를 나누고 나니 적어도 내 문제들을 좀 더 넓은 안목에서 볼 수 있게 되었어요. 당신이 옳았어요. 매출이 떨어지고 있다는 이유만으로 내가 너무 쉽게 실패했다고 짐작해버린 거지요."

"그럼 가게를 다시 여는 건가요? 정말 멋진 소식이에요!"

"은행을 설득해서 대출 기한을 연장할 수만 있으면 한 번 더 도전해보려고요."

그는 여전히 웃음기 가신 얼굴로 고개를 끄덕였다.

"아버지가 당신의 말이 옳다고 확인해줬어요. 전화로 나와 함께 이런저런 계산들을 다시 해보고 나서 말이에요. 아무래도 직원 중 한 명을 내보내야 할 것 같아요. 직원이 나까지 세 명이나 되니 비용이 너무 많이 들어서요. 나도 여기 뒤에서 초콜릿만 만들 게 아니라 매장 일을 좀 더 해야 할 것 같아요."

클레멘타인은 얼굴을 찌푸렸다.

"세 명이라고요? 당신과 레이첼…… 그리고 또 누가 있나요?"

"클로이요. 그 친구는 이번 주에 프랑스로 휴가를 갔어요."

그는 한숨을 내쉬었다.

"내 사촌이에요."

"그렇군요."

클레멘타인은 그가 무슨 말을 하려는지 알 것 같았다.

"음, 사촌을 자를 수는 없잖아요. 그럼 레이첼이 나가야 한다는 거네요?"

도미닉은 조금 씁쓸한 미소를 지은 채 고개를 저었다.

"아뇨, 레이첼은 고객 응대를 매우 잘해요. 조금 약간…… 뭐라고 하죠, 그런 걸?"

"덜렁대는 거요?"

"고객에게 좀 강요를 하는 편이긴 하지만요."

동시에 말을 한 둘은 서로를 향해 씩 웃어 보였다.

"그럼, 레이첼을 데리고 있고 사촌에게 짐을 싸라고 하고 싶은 거군요?"

"짐을 싼다라……. 표현이 마음에 드네요."

그는 담담히 말하고 나서 커피를 한 모금 들이마시고는 만족한 듯 아주 작게 '음' 하고 소리 냈다. 그의 짙은 눈이 클레멘타인의 눈을 바라보았다. 그의 미소가 그녀의 눈을 가득 채웠다.

"이런 작은 즐거움이 최고예요. 그렇게 생각하지 않아요?"

그 말에 동의하기 위해서는 커피를 한 모금 마셔야만 했다. 커피 잔을 들어 올리는 그녀의 손이 미세하게 떨렸다.

'정신 똑바로 차려야 해.'

그녀는 속으로 다짐했다. 하지만 어떻게 정신을 차릴 수 있겠는가? 도미닉 라벨은 정신을 잃을 만큼 섹시한데. 운동선수처럼 탄탄한 몸에, 프랑스 영화배우 같은 얼굴, 그리고 다크 초콜릿에 꿀을 끼얹은 것 같은 목소리까지. 그런 그와 함께 커피를 마시고 있는 것이다. 그것도 문이 잠긴 상점에서 단 둘이.

클레멘타인이 꿈을 꾸는 듯한 눈빛으로 그를 바라보며 커피 잔을 입술에 기울이는 순간, 도미닉이 큰 소리로 외쳤다.

"조심해요!"

뜨거운 커피가 그만 그녀의 무릎 위로 쏟아졌다. 클레멘타인은 허벅지에 느껴지는 화끈한 통증에 비명을 지르며 의자에서 펄쩍 뛰어내렸다. 그 바람에 식탁에 내려놓으려던 커피 잔이 넘어져 바닥으로 굴러 떨어졌다. 떨어지는 커피 잔이 그녀의 눈에는 마치 슬로우 모션처럼 보였다.

와자작 하고 잔이 깨지는 소리에 그녀는 공포에 질려 눈을 질끈 감아버렸다.

"정말 미안해요!"

도미닉은 서둘러 행주를 가져와 짙은 커피 자국이 퍼져가고 있는 그녀의 크림색 치마 위를 꾹꾹 눌렀다.

"진정해요."

그가 귓가 바로 옆에서 이야기하는 바람에 클레멘타인의 몸이 가늘게 떨렸다.

"세 빠 그라브(괜찮아요)."

클레멘타인은 젖은 치마를 몸에서 떼어 내려 치마를 털어댔다.

'이렇게 딱 붙는 치마를 입고 오는 게 아니었는데.'

"세상에! 정말 뜨겁네요!"

치마가 얼마나 젖었는지 살펴보려 내려다보고는, 부끄러워 작게 신음소리를 냈다. 젖은 치마가 허벅지에 달라붙어 있는 모습이 정말 꼴불견이었던 것이다.

"벗어요."

도미닉이 난데없이 말했다. 깜짝 놀라 그를 쳐다보았다.

"뭐라고요?"

"치마 말이에요. 치마에 묻은 커피가 아직 뜨거워요. 치마를 벗어야 해요. 비뜨(빨리요). 피부가 더 데기 전에요."

아직 제정신이 돌아오지 않은 클레멘타인은 조금 지나서야 그가 무슨 말을 하는지 이해했다. 그러고는 치마의 지퍼를 내리고 낑낑대며 치마를 벗었다. 치마 안에는 살색 팬티스타킹을 신고 있었다. 스타킹 역시 허벅지 부분이 젖어 있어서, 스타킹도 벗어 내렸다. 도미닉은 그녀가 스타킹 벗는 것을 도와준 후 다리를 닦을 수 있도록 새 행주를 건네주었다. 자신의 벗은 모습에 바보 같은 기분을 느끼며 다리를 문질러 닦는 동안, 도미닉은 그녀의 젖은 옷들을 의자 위에 걸쳐놓았다.

"좀 나아요?"

걱정하는 눈빛으로 그가 물었다. 클레멘타인은 젖은 행주로 핑크색 레이스 팬티를 가린 채 고개를 끄덕였다.

그의 짙은 눈길이 다리를 따라 들고 있는 행주까지 올라갔다. 그의 입술이 움찔거렸다.

"무척 매력적이네요."

'아, 망했다.'

지성과 침착함으로 그에게 깊은 인상을 남기는 것은 이제 물 건너갔다. 전문적인 회계인의 모습 역시 날아가버렸다. 대신 그녀는 엄청나게 멍청해 보이는 모습만 그의 머릿속에 남겨버리고 말았다. 클레멘타인은 이 정도인 게 어디냐며 스스로를 위로할 수밖에 없었다. 평소처럼 큼지막한 흰색 면 팬티를 입고 왔을 수도 있지 않은가. 다행히 도미닉의 눈에 비친 것은 핑크색 레이스가 가득한 속옷이었다. 그 정도면 다행이었다. 클레멘타인이 갖고 있는 다른 속옷들에 비하면 지금 입고 있는 속옷은 꽤 섹시한 것이었으니. 뒤만 돌지 않는다면 괜찮다. 뒤만 돌지 않으면 팬티 엉덩이 쪽에 분홍색 토끼 무늬가 있다는 것을 그는 모를 테니까.

"혹시 남는 청바지 같은 것이 있지는 않겠지요?"

허벅지만큼이나 붉어진 얼굴로 용기 내어 물었다.

"아니면 그냥 몸을 가릴 수 있는 긴 코트 같은 거라도요. 정말 미안해요. 당신의 멋진 커피 잔을 깨버려서……. 게다가 이렇게 엉망으로 만들어놓고 말이에요."

클레멘타인의 곤경에 빠진 모습에 그의 두 눈이 반짝거렸다. 분명 반짝이는 눈빛이었다.

"잠시만 기다려요."

도미닉은 나직하게 말하고는 가게 안으로 사라졌다.

"이 차림으로 어딜 갈 수도 없죠. 여기서 기다리고 있을게요."

클레멘타인은 사라져가는 그의 뒷모습에 대고 큰 소리로 대답하고는 팬티 차림으로 조심스레 의자에 앉았다. 그러고는 절망적인 눈빛으로 커피 물이 들어버린 치마를 바라보았다.

'이런 조심성 없는 바보 천치.'

클레멘타인은 스스로에게 화를 냈다. 그가 이제 자기를 어떻게 생각하겠는가? 또 뭔가를 흘리거나 망가뜨리기 전에 빨리 가게에서 내쫓아야겠다고 생각할지도 모르는 일이었다.

학창 시절의 기억이 떠올랐다. 미술 시간에 뒷걸음질을 치다가 누군가에게 부딪혀 미끄러지면서 그 사람을 붙잡는 바람에 그만 초록색 물감 통을 교복 위에 뒤집어써버렸다. 교복도, 팔도, 다리도, 신발도 모두 초록색으로 물들었고, 바닥에 초록색 발자국을 질벅거리며 남기면서 교무실까지 비참하게 걸어가야만 했었다.

그날의 기억은 아직 지워지지 않았다. 심지어 요즘에도 술집에서 동창 친구들을 만날 때, 맥주 몇 잔이 들어가기만 하면 친구 중 하나가 "아, 맞다. 그날 기억 나? 클레멘타인이⋯⋯" 하며 변함없이 말을 꺼내곤 했던 것이다.

그녀의 이 덜렁대는 성격은 유명한 것이었다. 하지만 다른 때도 아니고 멋진 전문가 같은 모습으로 좋은 인상을 주고자 애쓰는 때에 덜렁대는 성격이 다시 드러날 줄이야⋯⋯.

'저 가엾은 남자도 이제 알았을 테니 잘됐네.'

머릿속에서 우울한 목소리가 들려왔다. 아직 그에게는 도망갈 기회가 있으니⋯⋯.

그때 도미닉이 구슬 커튼을 젖히고 돌아왔다.

"내가 골칫덩이라는 건 모두가 아는 사실이긴 하지만……."

한 번 더 사과하려고 자리에서 일어나는 순간, 클레멘타인은 그가 내미는 예쁜 여름 원피스를 보게 되었다.

"혹시 이거라도 도움이 될까요?"

그가 물었다. 그것은 흰색과 분홍색의 물방울무늬가 있는 하늘하늘한 홀터넥원피스였다. 그녀의 키를 생각해보면 그 원피스는 허벅지 중간까지밖에 오지 않을 정도의 길이였다. 고마워하는 표정을 지으려고 했지만 어쩔 수 없는 어색한 미소를 짓고 원피스를 받아 들었다.

'진심이야? 이런 추운 날씨에?'

클레멘타인은 걱정이 가득한 눈으로 여름 원피스를 내려다보았다. 그 옷을 입고 나가면 우스꽝스러워 보이는 건 물론이고 한 블록도 다 가기 전에 얼어 죽을지도 모른다.

"딱 좋네요."

그녀가 작은 목소리로 말했다. 도미닉은 조금 미안한 표정으로 클레멘타인의 코트와 숄을 가리키며 말했다.

"옷이 그다지 따뜻하지 않을 거라는 건 잘 알지만, 저 옷들도 있으니 그렇게 춥지는 않을 것 같았어요. 스타킹은 없어서 주리그레프(유감이에요)……. 하지만 아무것도 없는 것보다는 이 원피스라도 있는 게 낫잖아요. 위(그렇죠)?"

클레멘타인은 원피스를 손에 꼭 쥔 채 그를 바라보며 다소 유치하고도 어리석은 질투심이 자신을 휘감는 것을 느꼈다.

'누구 옷이지? 잠시 들러 하룻밤을 보내고는 옷을 남겨놓고 간 여자 친구 것일지도……'

도미닉이 어떤 여자와 함께 침대에 있는 모습과 그 여자가 그의 옷을 빌려 입고 집으로 돌아가는 모습이 머릿속에 번갈아 떠올랐다. 갑자기 그녀는 도미닉의 여자 친구가 자기처럼 덜렁대서 실수로 옷을 망가뜨리는 바람에 다른 옷을 입고 가게를 나서는, 딱 그런 부류의 사람일지도 모른다는 생각이 들었다. 그녀는 침을 꿀꺽 삼키며 말했다.

"네, 당연하죠. 고마워요."

"주부정프리(천만에요)."

클레멘타인은 주저하며 도미닉과 시선을 맞추고 생각했다.

'제발 웃지 말아요. 그렇지 않으면 떨려서 다시는 당신에게 말을 걸지 못할 테니까.'

조심스레 그녀가 말을 꺼냈다.

"혹시 옷을 갈아입을 수 있는 곳이 있을까요?"

목소리가 갈라져 헛기침을 해야 했다. 많이 부끄러웠던지 마치 감기라도 걸린 듯한 우스꽝스러운 목소리가 나왔다.

"아니면 뒤돌아서 있어도 되고요."

"나뛰렐망(당연하죠)."

도미닉은 점잖게 말하며 그녀가 지나갈 수 있도록 구슬 커튼을 젖혀주었다. 옆을 지나갈 때, 그는 마치 클레멘타인이 왕족이라도 되는 양 정중하게 고개를 까딱하며 말했다.

"위층에서 갈아입는 편이 좋겠죠?"

"고마워요."

그녀는 코트와 원피스를 꼭 쥔 채 옆 걸음질로 가게 안으로 들어간 후 서둘러 위층으로 향하는 좁은 계단을 올랐다. 다행히도 그는 따라오지 않았다.

하지만 어두운 그의 집 주방에서 어색하게 블라우스를 벗던 중, 문득 조금 전 그의 곁을 지나칠 때 그가 엉덩이는 물론, 팬티의 분홍색 토끼까지도 봤을 것이라는 사실을 깨달았다.

엄청난 수치심이 그녀를 집어 삼켰다. 이제는 섹시함까지 날아가버렸다. 매혹적인 클레멘타인 따위는 이제 어디에도 없었다.

"도대체 왜 하필!"

클레멘타인은 낭패스러운 얼굴로 허공에 대고 중얼거렸다. 그녀는 너무나 딱 붙고 짧아 몸에 맞지도 않는 원피스를 손으로 움켜쥐었다.

'트뤼플 초콜릿을 너무 많이 먹어서야!'

하지만 클레멘타인은 회계 사무실로 출근을 해야만 했다. 이미 너무 늦어버렸지만 말이다. 주방 벽에 걸린 시계를 보았다. 지루하고 단조로운 사무실에서 하루 종일 시간을 보내는 것보다 그냥 집으로 가서 수치심과 무능의 늪에 빠져서 허우적거리고 싶은 마음이 간절했다. 하지만 가게를 나와 삼촌의 사무실까지 가는 길에는 옷가게가 적어도 하나는 있을 것이고, 그 가게에 사이즈가 맞는 옷이 있기만 하다면 계좌에 있는 돈으로 평범한 치마 하나쯤은 살 수 있을 것이다.

잠시 후에 홀터넥 원피스를 입고 맨발과 맨다리로 조용히 가게로 내려온 그녀는 신발과 가방, 커피로 얼룩진 전화번호 목록을 집어 들고는 도미닉을 찾아 두리번거렸다. 그는 아무 데도 없었다.

그 멋진 프랑스 남자가 자신의 부끄러운 모습을 보지 못한 것에 감사하며, 클레멘타인은 신발을 신고 옷을 하나도 걸치지 않은 것 같은 기분을 느끼며 서둘러 문으로 향했다. 문은 활짝 열려 있었지만 도미닉의 모습은 보이지 않았다. 고양이조차 눈에 띄지 않았다. 어딘가 가게 안에 그가 숨을 만한 곳이 있지 않을까 생각하며 가게 뒤편에 대고 크게 외쳤다.

"고마워요."

어딘가 숨어서 그녀가 떠나고 난 뒤 마음껏 웃음을 터뜨리려 기다리고 있을지도 모르는 일이었다. 아무런 대답도 들려오지 않았다. 클레멘타인은 재빨리 차가운 거리로 나서다 한 노부인과 부딪혔다. 그녀는 짙은 남색 코트와 구두를 신고 챙이 넓은 모자를 쓰고 있었다. 어딘가 특별한 곳에 가는 듯한 차림이었다.

"정말 죄송해요!"

클레멘타인은 상대방이 넘어지기 전에 잡아 세우며 소리쳤다.

"앞을 제대로 못 봤네요. 괜찮으세요?"

노부인은 조용히 고개를 끄덕이며 안경을 고쳐 쓰고는 클레멘타인에게는 거의 눈길도 주지 않은 채 서둘러 걸어갔다. 무척이나 슬퍼 보이는 얼굴이었다.

"아, 바보 같아."

기분이 더 가라앉아버렸다. 노부인의 슬픈 눈이 떠올랐다. 그 노부인까지 넘어뜨릴 뻔하지 않았는가. 아무래도 오늘은 되는 게 없는 날임에 분명했다. 도미닉이 커피 한잔 하러 들어오라고 했을 때까지는 희망에 부풀었는데 말이다.

"힘내요!"

페인트를 여기저기 묻힌 한 사내가 사다리 위에서 그녀를 내려다보고 말했다. 또 다른 불운이 덮치지 않기를 바라면서 재빨리 사다리 아래를 통과하여 가장 가까운 옷가게로 향했다.

"더 이상 나쁜 일은 없겠지."

페인트 묻은 남자가 그녀를 위아래로 훑어보고 엉큼하게 휘파

람을 불었다. 그 소리에 기분이 상했다.

'이미 망가질 대로 망가진 날이야.'

클레멘타인은 사무실에 한 시간이나 늦었기 때문에 제프리 삼촌이 방으로 불렀을 때도 전혀 놀라지 않았다. 삼촌은 조용히 문을 닫아달라고 했다.

그는 느릿느릿 방으로 걸어 들어오는 클레멘타인을 조용히 지켜보았다. 그녀의 볼은 발갛게 상기되어 있었다. 입고 있는 몸에 꽉 끼는 원피스의 물방울무늬와 같은 색이었다.

"아무래도 안 되겠지?"

제프리 삼촌이 입을 열었다. 그녀는 삼촌이 앉으라고 말하기도 전에, 책상 맞은편 의자에 풀썩 주저앉았다.

"아, 이런."

얼굴에서 혈색이 싹 가시는 것 같았다.

"절 해고하시려는 거죠, 그렇죠?"

제프리 삼촌은 돋보기안경 너머로 클레멘타인을 냉정하게 쳐다보았다.

"미안하구나, 클레멘타인. 지각 횟수는 이미 최대치를 넘은 데다 너를 쓰는 건 너무나 비능률적이야. 오늘 그런 이상한 차림새로 나타난 이유에 대해선 듣고 싶지도 않구나. 아주 그럴듯한 이야기를 지어낼 거라는 데 전부를 걸 수도 있으니까 말이다.”

“내기에 지실 텐데요.”

그녀는 조용히 속삭였다.

클레멘타인이 뭐라 하든 제프리 삼촌은 말을 이어나갔다.

“더욱이 네 손이 닿는 것마다 고장이 나고 말이지. 네 그런 재능 덕분에 네가 여기서 일하기 시작하면서 사무실 비용이 무척 많이 나가더구나. 좋게 말하면, 물론 네가 일부러 그런 것은 아니겠지만 네가 일을 잘 못했다는 거다. 나쁘게 말하면, 너처럼 성가시고 제대로 업무도 못하는 사람을 더 이상 고용할 여력이 되지 않는다는 말이고.”

‘그래봐야 말단 직원에 청소부일 뿐인데 말이죠.’

그녀는 근무 첫날 삼촌이 업무에 대해 설명했던 말이 기억났다. 하지만 삼촌에게 그 점을 상기시켜준다 한들 뭔가 크게 달라질 것 같지는 않았다.

“자, 클레멘타인. 너는 내 조카이고 네 엄마도 이 사실을 별로 좋아할 것 같지는 않다만······.”

삼촌은 서랍을 열어 아마도 고혈압 약일 것으로 생각되는 약을 몇 개 꺼내 차가운 차와 함께 서둘러 삼키고 나서 말을 이었다.

“계속 이렇게 지낼 수는 없어.”

"알아요. 삼촌 말씀이 옳아요. 실망시켜서 정말 죄송해요, 삼촌."

"사장님이라고 불러야지."

그는 무뚝뚝하게 그녀의 말을 바로잡았다.

"죄송해요. 네, 그렇게 불러야 하는 걸 자꾸 잊어버리네요."

"그러기로 약속했잖니."

"네, 그랬죠."

그녀는 고개를 끄덕였다.

"다시 한번, 골치 아프게 해드려서 죄송해요, 삼촌."

"이런, 얘야."

그는 한숨을 내쉬며 안경을 닦아 다시 끼고는 헝클어진 머리를 가로저었다.

"클레멘타인."

'네, 카루더스 씨.'

그녀는 울적하게 속으로 생각했다. 이어 마지막 펀치가 날아왔다. 제프리 삼촌이 물었다.

"내가 너를 계속 데리고 있어야 할 이유를 한 가지라도 말해줄 수 있겠냐?"

클레멘타인은 숨을 깊게 들이쉬고는, 고개를 한쪽으로 기울인 채 골똘히 생각하며 삼촌을 바라보았다.

4

클레멘타인, 직업여성으로 오인받다

제프리 삼촌은 클레멘타인에게 바로 그만두도록 지시했다. 덕분에 그녀는 멍한 채로 하릴없이 시내 중심가로 되돌아 걸어 나왔다. 어딘가 잠시 들러 커피를 한잔해도 좋을 것 같았고, 아니면 아무 가게나 들어가 좀 더 괜찮은 옷을 한 벌 사 입어도 좋을 것 같았다. 이런 차림으로 집에 돌아갈 수는 없었다. 이런 추운 날씨에 홀터넥 원피스 차림으로 돌아다니면 정신 나간 사람처럼 보일 것이 분명했기 때문이다. 하지만 이제 씀씀이를 줄여야 한다는 사실을 떠올렸다. 게다가 이런 황당한 상황은 모두 그녀의 잘못 때문이었다. 제프리 삼촌은 의무감에서 조카인 그녀에게 일자리를 준 것이다. 자신이 삼촌의 관대함을 누릴 자격이 없었다는 것도 잘 알고 있었다.

이제 또다시 실업자 신세가 되었다. 일이 지루했던 것은 사실이었지만, 적어도 돈을 벌 수는 있었는데. 그런 자신에게 몹시 화가 났다. 정시에 출근해서 열심히 일했다면, 그리고 사무실 집기들을 그렇게 많이 망가뜨리지만 않았다면 아직도 일을 계속할 수 있었을 것이다.

그때 지나가던 한 장례 행렬이 그녀의 눈길을 끌었다. 해가 떠서 밝긴 했지만 아직은 날이 추웠다. 짙은 검정색의 영구차가 햇빛에 반짝거렸다. 차 안에는 아름다운 흰 꽃과 붉은 꽃의 화환으로 장식된 이름판이 관 위에 놓여 있었고, 그 위에 '어니'라는 이름이 쓰여 있었다.

관 속의 사람은 분명 나이가 무척 많을 것이라고 생각했다. 어니라는 이름은 60세 이하에서는 찾아보기 쉽지 않은 이름이었기 때문이다.

장례식은 언제나 우울한 기분이 들게 했다. 클레멘타인은 길지 않은 장례차 행렬이 청신호로 바뀌어 천천히 모퉁이를 돌아 사라지는 것을 우두커니 서서 바라보았다. 영구차와 그 차를 따르는 차가 한 대뿐인 장례 행렬이었지만 뒤편의 차 안에는 챙이 넓은 모자에 검은 옷을 입고 흰 손수건으로 눈물을 닦고 있는 노부인 몇 명이 타고 있었다.

'장례 참석 인원이 많지가 않네. 불쌍한 어니 씨.'

클레멘타인은 문득 슬퍼졌다. 정장을 입은 중년 남성 한 명이 그녀 옆에 멈춰 섰다. 그 남자는 장례 행렬을 보기 위해 멈춰선 것이 아니었다. 그는 클레멘타인을 위아래로 훑어보며 곁에 바짝 붙어 섰다.

그녀는 멍하니 남자의 얼굴을 바라보았다. 모르는 사람이었다. 어디선가 본 사람이었던가? 삼촌의 최근 고객 하나가 그녀를 알아본 것일지도 몰랐다. 그런 것이라면 자기가 알아보지 못했다고 해서 기분이 상하지 않았으면 하고 바랐다. 남자가 무슨 말을 꺼내려 해서 클레멘타인은 놀라 그의 말을 기다렸다.

"음."

뭔가 찔리는 듯한 얼굴을 하고 그가 물었다.

"혹시…… 음…… 직업여성이신가요?"

"직업여성이요?"

그녀가 멍한 얼굴로 답했다. 그의 눈이 휘둥그레지더니 한두 걸음 주춤하며 뒤로 물러섰다.

"죄송합니다. 실례했네요."

직업여성이라. 그 말이 무엇을 뜻하는지 문득 알아차렸다. 뒤늦게 그녀는 자신의 물방울무늬 원피스가 어쩌면 그런 식으로 보일 수도 있다는 점을 깨달았다.

클레멘타인은 화가 나서 그 남자를 쏘아보았고, 그는 다시 사과의 말을 중얼거리며 고개를 푹 숙이고 서둘러 자리를 피했다.

그녀는 계속해서 길을 걸어갔다. 이제 도대체 뭘 해야 할지 몰랐다. 삼촌은 너그럽게도 이번 달 말까지는 주급을 그대로 지급해주기로 했다. 하지만 그 이후에는 식료품과 월세, 각종 고지서 비용을 지불할 돈을 구해야 했다.

햇빛이 비쳤지만 날씨는 쌀쌀했다. 바람을 막기 위해 숄을 동여매니 마치 빅토리아 시대에 구호소로 향하는 굶주린 사람이 된 것 같은 기분이 들었다. 머릿속에서 우울한 상상의 나래가 펼쳐졌다. 눈밭에 쓰러져 추위로 죽어가는 자신의 모습이 떠올랐다. 죽어가면서도 한심한 사랑의 징표(아마도 라벨 씨의 빈 초콜릿 상자일 것이다)를 품에 안고 숨을 거두는 자신의 모습을 상상하다가 문득 언니를 떠올렸다. 속이 울렁거리는 것 같았다.

'언니가 무척이나 화를 낼 텐데.'

클레멘타인의 발걸음이 느려졌다. 고개를 떨군 채로 눈물이 나 눈이 따끔거리기 시작했다. 모두 자기의 잘못이었다. 너무나 멍청했다.

그래도 애써 기운을 내려고 했다. 초콜릿 가게의 일을 도와주겠다고 해볼 수도 있을 것이다. 그저 며칠, 아니면 한 주 정도라도. 도미닉이 다시 자리를 잡을 때까지, 적어도 다시 일을 구할 때까지라도 말이다. 일을 새로 구하게 되면 아무래도 복사기나 진공청소기 같은 망가뜨릴 만한 기계가 없는 그런 사무실에서 할 수 있는 일을 구해야 할 것이다. 그녀는 행복한 상상이 시작되기 전에 스스로에게 상기시켰다.

'물론 이것도 다 도미닉이 그의 가게에서 내가 일해도 된다고 했을 때나 해당하는 말일 테지.'

오늘 아침에 있었던 커피 사건을 생각하면 자신이 그의 가게에서 일하게 허락할지 아닐지 확신할 수가 없었다. 클레멘타인은 한숨을 쉬며 인도의 좁은 부분을 따라 걸었다. 앞에는 쇼핑백 여러 개를 든 여자가 느린 걸음으로 걷고 있었다. 어린아이 두 명이 그녀의 팔에 매달려 소리를 질러대며 팔을 잡아끌고 있었다. 여자의 등이 구부정한 것도 이상한 일이 아니었다. 팔이 늘어나지 않은 것이 기적일 지경이었다.

클레멘타인은 도미닉 라벨을 향한 자신의 감정이 어떤 것인지 알 수 없었다. 그는 믿을 수 없을 만큼 매력적인 사람이었다. 하지만 동시에 알기 힘든 남자였다. 게다가 일전에 실수로 한 입맞춤을 제외하고는 그녀에게 이성적인 흥미를 거의 보이지 않았다.

'솔직히 인정해, 클레멘타인.'

그녀는 스스로에게 화를 냈다.

'그 사람은 그냥 공짜 회계 상담이 필요해서 집에 초대한 것뿐이야. 그게 다라고. 여자 친구가 필요해서 그런 게 아니야.'

하지만 그럼에도 불구하고 그에 대한 생각을 멈출 수가 없었다. 그가 했던 모든 말들과 자신이 했던 말들을 생각하면서 그에게 빠져드는 자신을 멈출 수가 없었던 것이다.

도미닉에게는 거리를 둬야 할 것 같은 알 수 없는 모습과 상처 입은 모습이 모두 있었다. 특히 사이먼과 겪었던 일을 생각하면 클레멘타인은 그런 모습의 남자들을 더더욱 피해야만 했다. 어쨌거나 모든 남자들이 솔직한 것은 아니었다. 사실 어떤 남자들은 관심을 끌기 위해서, 가끔은 하룻밤의 관계를 위해서 '불쌍한' 모습을 연출하는 데 매우 능하다. 이미 이전에 그런 남자에게 속아 이용당한 적이 있었기 때문에, 도미닉까지 그런 거짓말쟁이로 판명나면 그녀는 더 이상 견딜 수 있을 것 같지가 않았다.

문제는 그녀가 한때 스스로 생각했던 것만큼 사람을 잘 보는 편이 아니라는 사실이었다. 그녀는 도미닉이 좋았고, 본능적으로 그를 신뢰했다. 하지만 만일 사업 때문에 망설이고 좌절하는 그의 모습들이 그녀를 하루살이 같은 위험한 관계로 끌어들이기 위해 모두 거짓으로 만들어진 모습이었다면?

사이먼을 처음 만났을 땐, 그 역시 그럴듯해 보였다. 어릴 때 학대받은 경험이 있는 어두운 과거를 가진, 그 때문에 우울과 자살 충동에 시달리는 남자였다. 아니면 동정심을 유발하려고 다 가짜로 말한 것일 수도 있다. 아니, 사이먼의 말은 모두 사실일지도 몰랐다. 언니가 그를 어떻게 생각하든 말이다. 하지만 사이먼은 클레멘타인과 말다툼을 하거나 의견이 다를 때마다 자신의 그런 경험들을 들춰내 이용하면서 그녀를 조종하려 했다.

처음에는 그녀가 공부를 마친 뒤 그와 함께 살지 말지 같은 큰 사안들에만 감정이 폭발했다. 하지만 사이먼은 차차 클레멘타인을 자기 집에 들여놓고 24시간 곁에 붙어 있게 만들었다. 그리고 사소한 일에도 폭발하곤 했다. 자기가 좋아하는 텔레비전 프로그램을 그녀가 그만큼 좋아하지 않아서, 혹은 그가 주문하는 즉시 따뜻한 차를 대령하지 않아서 등 사소한 문제들이었다.

클레멘타인이 언니나 다른 친구들과 영화를 보거나 식사를 하러 저녁에 외출을 한 뒤 약속보다 십오 분만 늦게 돌아와도 그는 "나를 다시 그 어두운 구렁텅이로 처넣을 작정이야?"라며 그녀에게 분노를 쏟아 냈다. 심지어는 "누구와 있었어? 남자였어? 나를 떠나면 죽어버릴 거야. 내가 죽으면 그건 모두 네 탓이야!"라고 말하기까지 했다.

안 돼. 사이먼 같은 남자를 또다시 감당할 수는 없었다. 비열한 생각이긴 했지만, 그녀는 사이먼이 차라리 그냥 그 '어두운 구렁텅이'에 빠져 헤어나지 않았으면 했다. 한때는 그가 비참한 기분을 남몰래 즐기고 있는 건 아닌지 의심도 했다. 그게 말이 되는 소리인지 아닌지도 모르겠다.

클레멘타인은 초콜릿 가게 앞을 지나가다가 가게 문이 열려 있고 앞에 배달용 밴이 주차되어 있는 것을 보았다.

그 모습에 환희가 느껴졌다. 도미닉이 자신의 조언을 받아들여, 프랑스로 돌아가는 대신 가게를 다시 열기로 한 것이다. 더욱이 기쁘게도 도미닉이 가게 앞길에 서 있었다. 그는 허리에 검정색 앞치마를 두르고 소매를 둘둘 말아 올린 채 배달기사의 휴대용 단말기에 서명을 하고 있었다.

클레멘타인은 갑자기 수줍어하며 망설였다. 평소의 그녀답지 않은 모습이었다. 해고 때문에 소심해진 것일지도 모르지만, 그런 자신의 모습에 갈피를 잡을 수 없었다. 하지만 걱정할 필요가 없었다. 도미닉이 그녀를 보고 따뜻하게 미소 짓고 있었던 것이다.

"클레멘타인."

그가 인도에서 가게 쪽으로 걸어와 인사하고 프랑스식으로 그녀의 양 볼에 입을 맞췄다. 클레멘타인은 깜짝 놀라 정신을 다잡았다.

'볼에 살짝 뽀뽀한 것뿐이야. 그것뿐이야.'

도미닉이 물었다.

"당신 생각을 하던 참이었어요. 그런데 왜 이리 금방 돌아왔어요? 오늘 일하는 날 아니에요?"

"그러니까…… 그게……."

막 대답하려는 참에 그가 몸을 돌려 배달기사에게 감사를 표하고 있었다. 밴에 아무런 표시가 없어서 어떤 물건을 가게에 배달

하러 왔는지는 알 수 없었다. 도미닉이 배달기사에게 인사를 하고 가게 앞으로 돌아오자 그녀는 그에게 미소를 지어 보였다. 자신이 해고되었다는 것을 말해야 할지 어쩔지 확실히 알 수 없었다.

"오늘은 초콜릿을 만들 생각이세요?"

그는 어깨를 으쓱하며 말했다.

"알로흐(그럼요), 내가 하는 일이 그건데요."

"맞아요, 바로 그거예요."

"아침에 당신이 떠나고 나서 스스로에게 물었어요. '뭘 기다리고 있는 거야?'라고. 싸움에 진 개처럼 짐을 싸서 프랑스로 가버리든지, 그게 아니면 초콜릿 재료 회사에 전화해서 가능한 한 빨리 신선한 재료들을 가져다달라고 하고 초콜릿 반죽을 시작하든지 해야 한다고요."

밴이 시동을 걸고 가버리자 그녀는 허락도 구하지 않고 그를 따라 가게 안으로 들어갔다. 마음이 부산해졌다.

"레이첼은요? 출근했어요?"

"아, 오늘은 레이첼이 필요하지 않아요. 게다가 내가 보기에 그녀는…… 남자 친구와 문제가 있는 것 같더군요."

클레멘타인은 얼굴을 찌푸렸다.

"약혼한 거 아니었어요?"

"약혼이 깨진 것 같던데요."

도미닉이 모호한 표정으로 말했다.

"아, 저런. 불쌍한 레이첼!"

"음, 아닐지도 몰라요."

그는 서류철에 정신이 팔린 채 혼잣말하듯 중얼거린 후 종이를 한 장 넘겨 서류를 훑어보며 말을 이었다.

"아침에 전화를 했는데 좀 울먹이는 것 같더라고요. 그게 전부예요."

클레멘타인은 눈썹을 치켜올린 채 도미닉을 바라보았다.

"잠시만요. 당신 말을 제대로 이해한 건지 모르겠는데요, 레이첼이 울먹였는데 이유도 묻지 않은 건가요?"

그는 어깨를 으쓱했다.

"직원들의 사생활에 간섭하고 싶지는 않아서요."

"그러시겠죠."

하지만 도미닉은 그녀의 말에 신경을 쓰는 것 같지 않았다.

"여하튼, 내일 가게를 다시 열 거예요. 아마도 오전 늦게, 몇 가지 제품만 가지고요. 오랫동안 인기를 끌었던 제품들과 당신이 떠난 후에 만들어봤던 몇 가지 새로운 초콜릿들로요. 창고에 있던 물건들을 다 팔아버리지 않아서 다행이에요. 일부는 아직 저 뒤쪽 상자 안에 넣어뒀거든요."

그는 얼굴을 살짝 찡그리며 서류철을 상자 안으로 휙 집어던졌다.

"레이첼이 내일 출근하지 못하면 내가 오늘 밤에 상품을 진열하고 내일 매장 일을 직접 봐야 할 것 같아요."

주방으로 향하는 커튼을 젖히면서 도미닉이 뒤돌아보았다. 주방은 이미 새로 만들어진 초콜릿의 달콤한 향으로 가득했다. 그가 싱긋 웃었다. 그녀의 얼굴에 서린 믿기지 않는다는 표정을 본 것이 분명했다.

"별 거 아니에요, 클레멘타인. 나도 고객 응대하는 법 정도는 알아요. 그냥 쇼콜라티에로만 일하는 게 아니라고요. 매장 일도 여러 번 본 적 있어요."

"여자 손님들은 분명 당신이 매장에 나와 있는 걸 좋아할 거예요."

클레멘타인은 재치 있게 받아치고는 잠시 주춤하다 용기를 내어 말을 이었다.

"내일 만일 레이첼이 오지 않으면, 대신 내가 도와줄 수도 있을 것 같은데요."

도미닉은 놀라서 몸을 돌리며 그녀를 바라보았다.

"당신이?"

"안 될 거 있나요?"

"판매 경험이 있어요?"

"그다지…… 많진 않아요."

그녀는 애교스럽게 미소 지으며 말했다.

"하지만 초콜릿 몇 상자 파는 게 어려워봐야 얼마나 어렵겠어요, 그렇지 않나요?"

이제는 그의 얼굴에 두려워하는 표정이 스쳤다.

"마 쉐르(이봐요), 클레멘타인."

그가 무언가를 말하려 했으나 그녀가 끼어들었다.

"농담이었어요! 나도 내가 무슨 말을 하는지 잘 알고 있어요. 레이첼이 일하러 오지 못한다면 정말로 제가 도울게요. 아니 그녀가 올 수 있다고 해도 저도 도울 수 있어요."

그녀는 초콜릿 기구들과 재료 상자들이 여기저기 놓여 있는 주방을 둘러보았다. 일부 상자는 개봉되어 있었고 또 다른 상자들은 여전히 밀봉되어 있었다.

"적어도 한 주 정도는 사람이 더 필요할 것 같아 보이는데요."

도미닉은 그 사실을 부인할 수 없었다. 고개를 끄덕이며 그가 말했다.

"당신을 더 자주 보게 된다면 분명 좋긴 하겠네요. 당신에겐 뭐랄까…… 어떤 주 느 세 쿠와(뭐라 말할 수 없이 좋은 것)가 있거든요. 하지만 당신 일은 어쩌고요? 당신이 잘리는 건 원치 않는데요."

"해고요."

그의 말을 재빨리 바로잡았다.

"해고라는 표현이 잘린다는 말보단 더 낫게 들려요. 어찌 되었든 한발 늦었네요. 이미 당했거든요."

도미닉은 그녀를 바라보았다.

"뭘요?"

"쫓겨나는 거요. 짐 싸는 거. 해고 말이에요."

그녀는 한숨을 내쉬고 높은 주방 의자에 걸터앉아 그를 뒤돌아보며 솔직한 미소를 보였다.

"그래서 보시다시피, 당분간은 자유랍니다."

"일자리를 잃었어요? 유감이네요, 클레멘타인."

그녀는 손을 내저었다.

"아, 괜찮아요. 어쨌든 좋아하던 일도 아니었는걸요. 하지만 새 일자리를 찾기는 해야 해요. 몇 주 일하고 말 곳이 아니라 더 오래 일할 수 있는 곳 말이에요."

"당신을 여기 직원으로 고용하면 좋겠지만, 나는 당신에게 월급을 줄 형편이 안 돼요."

그는 사실대로 말했다.

"그럼 초콜릿으로 지불해요. 초콜릿으로 커버하는 거죠('내게 초콜릿을 발라도 되고요'라는 중의적인 의미 - 역자 주)."

그의 눈썹이 치켜 올라가자 그녀는 얼굴이 빨개졌다.

"메르드(젠장). 말이 잘못 나왔어요."

도미닉은 그녀와 눈을 마주치고는 웃었다.

"아뇨, 재밌었어요."

"고마워요."

가게를 다시 열기로 한 결정이 그에게 활기를 불어넣은 것처럼 보였다. 클레멘타인은 그처럼 생생하고 긍정적인 모습의 도미닉을 본 적이 없었다. 그의 시선이 급작스레 강렬하게 그녀에게 꽂혔다.

"당신은 나에게 웃음을 줘요. 무척 아뮈상뜨(재미있어요)……. 클레멘타인. 정말 독특한 이름이에요. 당신을 일찍 만났더라면 좋았을 텐데."

"당신 사업이 라 뜨왈렛(변기)행이 되기 전에 말이에요?"

그는 한쪽 입술을 실룩하며 프랑스 사람 특유의 멋진 미소를 지었다.

"뭐 그런 거죠, 위(맞아요)."

"세 라 비(그게 인생이죠)."

그녀가 작은 소리로 말했다.

"세 라 게르(전쟁이지요)."

"그렇기도 하고요."

클레멘타인은 의자에서 내려와 허리에 손을 올렸다.

"자, 도미닉. 이게 전쟁이라면 지금 여기 엉덩이를 대고 앉아서 뭐 하고 있는 거죠?"

그의 시선이 곧바로 그녀의 엉덩이로 향했다가 다시 얼굴로 향했다. 클레멘타인은 그의 짙은 눈이 잠시 흥미롭게 반짝거리는 것을 포착했다. 그녀는 볼이 확 달아올라 당황한 얼굴로 조용히 그와 눈을 맞췄다. 난데없이 그녀의 머릿속에는 '엉덩이'라는 단어 하나만 소용돌이쳤다. 그러고는 말을 더듬었다.

"내, 내가 왜 그런 말을 했는지 모르겠네요."

"무슨 말이요?"

"엉덩이요."

그가 씩 웃어보였다.

"방금 또 말했네요."

"메르드(젠장)."

그가 그윽한 눈으로 그녀를 바라보았다.

"그걸 말하지 못할 이유라도 있나요? 무례한 단어도 아닌데요. 기분 안 상했어요."

"내가…… 내가 바보같이 느껴져서요."

"바보 같다라, 농(아니에요). 샤르망뜨(매력적이다)가 위(맞아요)."

도미닉은 의자에서 내려와 그녀의 손을 잡고 몸 가까이 끌어당겼다.

"그 드레스를 입으니 당신의…… 데리에흐(엉덩이)가 눈에 좀 더 잘 띄긴 하네요."

"아, 그럴 것 같았어요."

도미닉이 자신의 손을 잡고 있다는 사실에 멍해져서 그를 바라보며 말했다. 곧이어 웃음이 터져 나왔다.

"잠깐만요……. 그러니까, 이 옷을 입으니 내 궁둥이가 커 보인다는 말이에요?"

그의 눈썹이 천천히 치켜올라갔다.

"파르동(뭐라고요)?"

"미안해요."

이럴 줄 알았다. 또 다시 분위기를 망쳐버린 것이다. 이제 그는 자기를 완전히 멍청이라고 생각할 것이다.

"'엉덩이'라는 말도 모자라 '궁둥이'라는 말까지 꺼내버렸네요. 당신이 이제 날 어떻게 생각할지 모르겠어요."

"평범한 영국인이라고 생각해요."

클레멘타인은 얼굴이 확 달아오르는 것을 느꼈다. 게다가 이제는 마치 설탕을 지나치게 먹고 흥분한 여학생처럼 주절대기까지 하고 있었다.

"음, 맞아요. 내게 그런 면이 분명 있지요. 단점으로 보이지 않기를 바랄 뿐이에요. 하지만 아마 그렇게 보일지도 몰라요. 전에는 그런 생각을 못했는데 그런 점 때문에 고객들이 나를 상대하기를 꺼려하지는 않겠죠? 그러니까…… 내가 프랑스인이 아니라서 말이에요."

"레이첼도 프랑스인이 아니에요."

그가 차분히 답했다.

"좋은 지적이에요."

도미닉이 이상한 눈빛으로 그녀를 바라보며 말했다.

"그 원피스……."

"네?"

"당신에게 잘 어울려요."

"아."

얼굴이 불에 활활 타는 듯했다. 도미닉이 소화기를 가지러 간다 해도 놀랍지 않을 지경이었다. 하지만 그때 엉뚱하게도 어떤 생각이 머리를 스쳤다.

"그런데 이거 누구 원피스예요? 당신이 말해주지 않아서요. 당신 것은…… 아니겠죠?"

"내 거요?"

도미닉은 벙 찐 얼굴로 물었다.

"그렇죠, 당연히 당신 것은 아니겠죠. 미안해요."

홀터넥 원피스를 입고 집에서 춤을 추고 있는 도미닉의 모습이 떠올라, 서둘러 그 모습을 떨쳐냈다. 어찌 되었든 이 옷은 그의 건

장한 체격에는 전혀 맞지 않으니까. 그녀는 긴장해서 치맛단을 휙 잡아당겼다.

"하지만 당신이 이 옷을 가지고 있었잖아요. 당신 집에 말이에요. 그래서 혹시……."

"아, 위(그렇죠)."

그의 입술이 움찔거렸다.

"내 사촌 클로이 거예요. 그 애가 우리 집 세탁기를 사용하고는 실수로 남겨둔 거죠. 그 애에게 보내주려고 했는데 어쩌다 보니 깜빡하고 있었네요."

그는 다시 위아래로 훑어보았다.

"당신에게 좀 더 잘 어울리긴 하지만요."

사촌 동생 것이었군.

여자 친구가 아니라.

클레멘타인은 참고 있던 숨을 내뱉었다.

도미닉이 다가와 허리에 팔을 둘렀다. 그녀는 눈을 깜빡였다. 허파에 있던 공기가 다 빠져나간 기분이었다. 둘은 딱 붙은 채 마주보며 서 있었다. 실수로 입을 맞췄던 일이 생각났다. 그 엄청나게 당황했던 순간이, 마치 공중 줄타기를 하고 난 뒤 온몸이 떨리는 것 같던 그 순간이…….

"클레멘타인."

도미닉이 속삭였다.

"네?"

그는 그윽한 눈빛으로 미소를 짓고는 몸을 앞으로 기울여 그녀의 입술에 입을 맞추었다. 이번은 확실히 작정하고 한 키스였다.

그녀의 발가락이 말려 들어갔다. 눈을 감고 그에게 몸을 기대며 천천히 입술을 열었다. 그의 숨결에서 달콤한 향기가 났고, 몸은 너무나 따스했다. 키스가 깊어지는 가운데 그의 심장이 뛰는 소리를 작게나마 들을 수 있었다.

"당신이 다시 와서 기뻐요."

그가 입술에 대고 속삭였다.

"당신에겐 뭔가 특별한 것이 있어요, 클레멘타인. 그게 뭔지는 모르겠지만 당신이 곁에 있으면 잘해낼 수 있을 것 같은 기분이 들어요."

"당신은 잘해낼 거예요."

그녀는 미소를 지으며 답했다.

"당신이 나타나기 전까지는 너무나 우울했어요. 그런데 당신이 길 잃은 고양이를 품에 안고 나타나 횡설수설해댔잖아요. 그날은 정말이지 앞이 보이지 않는 날이었는데, 당신을 만나자마자 새로운 아이디어들이 떠올랐어요⋯⋯. 다시 용기를 낼 수 있는 아이디어들이요."

99

그는 부드럽게 웃음을 터뜨렸다.

"이상한 소리 같이 들리나요?"

"전혀요. 키스멧kismet인걸요."

그가 몸을 살짝 떼고 눈썹을 치켜올렸다.

"키스…… 뭐요?"

"키스멧이요. 운명이라는 뜻이 있는 말이에요."

"아, 위(그렇군요)……. 이 운명이 마음에 드네요."

도미닉은 클레멘타인을 따뜻하게 껴안으며 다시 그녀에게 키스했다. 옷깃 아래 목덜미가 조금씩 뜨거워지는 것을 느꼈다(비록 그녀가 입은 원피스에는 옷깃이 없긴 했지만). 얇은 홀터넥 원피스 위로 그의 손이 천천히 그녀의 몸을 어루만지고, 입술은 목덜미를 탐닉했다. 그가 말했다.

"아무래도 잠깐 쉬는 것이 좋겠네요. 같이 위층으로 가요."

도미닉의 품에 안긴 채 클레멘타인은 가늘게 몸을 떨고 있었다. 그때 어디선가 커다란 재채기 소리가 그녀의 꿈만 같은 순간을 산산이 날려버렸다.

그가 고개를 들었다. 구슬 커튼이 짤그락 소리를 내며 젖혀졌고, 레이첼이 문가에 서서 그들을 바라보고 있었다.

'이런 때에 방해라니!'

클레멘타인은 절망스러워 욕설을 내뱉고 싶을 지경이었다. 하지만 곧 아무 일도 없었다는 얼굴을 하고 레이첼을 쳐다보았다. 레이첼은 충혈된 눈과 붉게 달아오른 얼굴을 하고 서 있었다. 몇 시간이나 흐느껴 운 듯한 모습이었다. 가슴 아픈 일을 겪은 것이 분명했다. 클레멘타인은 그 기분을 알 것 같았다.

"어머."

레이첼이 짧게 내뱉고 엉거주춤 다시 커튼을 열고 나가려 했다. 그러다 그만 커튼 구슬들에 몸이 엉켜버렸다.

"제가 방해했나요? 나중에⋯⋯ 다시 올게요."

그녀의 목소리는 운 것처럼 살짝 갈라져 있었다. 도미닉이 성큼성큼 걸어갔다.

"아뇨, 레이첼. 그냥 있어요. 당신이 필요해요!"

레이첼이 놀라 물었다.

"제가 필요하다뇨?"

"그래요, 도미닉은 당신이 필요해요."

클레멘타인은 열정적으로 고개를 끄덕이고는, 문득 의아한 듯 도미닉을 쳐다보았다.

"그게 무슨 말이죠?"

그는 붉게 상기된 얼굴로 클레멘타인을 바라보다가 눈을 동그랗게 뜨고 있는 레이첼로 시선을 옮겼다. 그 모습이 클레멘타인의 눈에는 다소 연약하면서도 사랑스럽게 보였다.

"당신이 시중을 들어주었으면 해요."

"네?"

클레멘타인은 그를 쳐다보며 팔짱을 꼈다.

"레이첼이 뭘 해주길 바란다고요?"

"레이첼이 가게에 나와주었으면 해요. 시중을 들어주었으면 한다고요……. 고객 응대 말이에요."

도미닉은 거친 숨을 내뱉었다.

"안 되겠네요. 안 그래도 충분히 머릿속이 복잡해서……. 비앙(좋아요). 이 상자들을 좀 풀고 진열을 시작해야겠어요."

그는 커튼을 젖히고 들어가며 어깨 너머로 소리쳤다.

"두 분 중 누구라도 와서 도와줄 수 있겠죠?"

레이첼은 고양이 때문에 다시 한번 재채기를 하고는 클레멘타인을 쳐다보았다. 그녀는 이제야 클레멘타인의 물방울무늬 원피스를 알아차린 듯했다. 그녀의 눈이 더욱 더 휘둥그레졌다.

"이게 도대체 무슨……"

"아무것도 묻지 말아요!"

클레멘타인은 그녀의 말을 자르고 휙 돌아섰다. 그녀는 레이첼에게 뒷모습을 보여주며 낮은 목소리로 물었다.

"기분 상하지 않으니까 솔직하게 말해줘요. 내 엉덩이가……어때 보여요?"

5

클레멘타인, 라텍스 변태가 되다

평소에 로맨스에 대한 열망이 다소 과한 편이기는 해도, 클레멘타인은 사실 현실적인 사람이었다. 도미닉이 다음 날 오전 열두시가 되기 삼 분 전에 가게 문을 활짝 열었을 때, 달콤한 것에 굶주린 수천 명의 고객들이 한꺼번에 들이닥쳐 레몬 크림이나 스트로베리 서프라이즈 제품을 달라고 외쳐댈 것이라고는 생각하지 않았다.

그렇긴 해도 '라벨의 런던 초콜릿 가게'의 새로운 시작은 놀라우리만치 부진했다. 행인들은 가게 진열장에 걸린 재개점 광고 간판을 알아차리지도 못한 것 같았다. 설령 전날 퇴근길에 그 광고 간판을 봤다 하더라도 그에 대해 별로 신경을 쓰는 것 같지 않았다. 클레멘타인은 어떤 사람들은 애초에 가게가 문을 닫았었다는 것조차 알아차리지 못한 것이 아닐까 생각했다.

하지만 누군가가 용감히 가게 문을 열고 들어왔다 해도 황급히 도망을 갔을 것이다. 레이첼이 환영의 뜻으로 틀어놓은 음악 소리가 너무나 시끄러웠기 때문이다.

재개점 날 아침, 클레멘타인은 꽤 일찍, 여덟 시가 조금 지난 시각에 가게에 도착했다. 뒷문을 노크하자 레이첼이 빨갛게 충혈된 눈으로 연신 재채기를 해대면서 나타났다.

클레멘타인이 말했다.

"당신이 오늘 올 줄 몰랐어요."

"네, 음, 일이라도 열심히 하면…… 그 사람…… 생각이 조금이라도 덜 날 것 같아서요."

레이첼이 조금 떨리는 목소리로 말했다.

"그래서 왔어요. 다시 싱글이 된 채로요. 아, 이런. 빨리 뭔가 할 일을 찾아야겠어요. 안 그러면 다시 눈물이 날 것 같아요."

도미닉이 마음에 들어 하지 않았지만, 레이첼은 고집스럽게 가게 내부에 프랑스 국기 색을 따라 파란색, 빨간색, 흰색 풍선들로 장식을 했고, 가끔 누군가 가게에 들어오기라도 하면 프랑스 국가를 쩌렁쩌렁하게 틀어댔다.

몇몇 사람들은 가게 안을 들여다보고 어리둥절한 표정으로 클레멘타인에게 오늘이 프랑스 국경일이냐고 물었다. 재개점 행사일 뿐이라는 그녀의 말을 듣고는, 그들은 무언가 사달라는 말이라도 들을까 두려워 서둘러 달아났다. 또 어떤 사람들은 가게 안의 풍선 장식들을 한번 쓱 둘러보고는 프랑스 국가 후렴구에 맞춰 성큼성큼 가게를 나가버렸다.

　레이첼이 끝도 없이 진열 물품을 이리저리 정리하는 동안, 클레멘타인은 금전등록기 작동법을 익히느라 애를 썼다. 한 시간 후, 클레멘타인은 처음으로 혼자 힘으로 초콜릿을 판매하고는 가슴이 뿌듯해졌다.

　'새로운 기술을 익혔어!'

　비록 시작은 조용했지만, 재개점일의 매출은 완전 바닥은 아니었다. 시끌벅적한 음악을 끄자 몇 분에 한 번씩 고객들이 드나들기 시작했고, 때때로 부언가를 사 가기도 했다. 클레멘타인은 일에 전념하느라 멋진 도미닉의 모습을 거의 볼 수 없었다. 그는 오후 내내 새 초콜릿을 만드느라 주방에서 시간을 보내고 있었기 때문이다. 그녀는 가게를 열고 한참이 지난 네 시 삼십 분이 되어서야 겨우 그를 볼 수 있었다. 첫날 얼마나 팔렸는지 물으러 주방을 나왔을 때였다.

　도미닉은 살짝 헝클어진 머리칼에 가는 세로줄무늬의 앞치마 끈을 허리에 두 번 둘러 묶은 차림이었다. 그의 눈이 강렬하게 빛나고 있었다. 그 눈빛은 앞서 레이첼이 클레멘타인에게 이미 주의를 주었던 바이기도 했다. 오전에 부엌에서 와장창하는 소리가 나고 도미닉의 화난 프랑스어가 들려오자 레이첼이 클레멘타인에게 말해주었던 것이다.

"도미닉은 초콜릿을 만들 때 무척 들뜬 상태가 되거든요."

그는 여전히 침을 꼴깍 삼키게 하는 너무나 섹시한 모습이었다. 아쉽게도 초콜릿을 만들 때 항상 끼는 속이 살짝 비치는 라텍스 장갑을 벗어버린 상태였지만 말이다.

'공중보건 변태 같으니라고.'

그녀는 속으로 자신을 꾸짖었다.

'라텍스 장갑에 몸이 달아오르다니 말이야!'

하지만 슬프게도 그것은 사실이었다. 도미닉이 초콜릿 틀을 찾으러 돌아다녔을 때, 그녀는 흉부 수술 직전의 외과의사처럼 찰싹 소리를 내며 라텍스 장갑을 끼는 그의 모습을 보고는 입을 떡 벌린 채 그에게서 눈을 뗄 수가 없었던 것이다.

지금 도미닉은 가학적인 외과의사의 모습보다는 요리까지 잘하는 섹스의 신처럼 보였다. 그는 깔끔한 흰색 셔츠의 단추 한두 개를 풀어헤치고 양쪽 소매는 걷어 올린 모습이었다. 근육질 팔뚝에는 작은 초콜릿 얼룩이 묻어 있었고, 몸에 딱 맞는 검정 청바지 위로 흑백 앞치마가 팽팽하게 둘러져 있었다.

'아, 눈부셔.'

"좀 어때요, 클레멘타인?"

그가 너무나 섹시한 프랑스 악센트로 물었다. 그러고는 유리 진

열장이 있는 카운터에 팔을 올리며 몸을 기울여 카운터 안쪽의
그녀를 바라보았다.

"잘되고 있어요."

그녀는 터치스크린으로 된 금전출납기 위로 팔을 이리저리 휘
둘러대며 도미닉에게 잠시 동안 매출액과 고객들에 대해 이야기
해주었다.

"이제 이 기계도 대강 익숙해진 것 같아요. 그다지 어렵지는 않
은 것 같더라고요……."

그때 기계가 사납게 삑 소리를 내는 바람에 자신이 실수로 화
면을 건드렸다는 것을 깨달았다.

"이런."

그 모습에 도미닉이 씩 웃어 보였고, 그 웃음을 본 클레멘타인
은 몸이 녹아내리는 것만 같았다. 그가 놀리는 듯한 목소리로 말
했다.

"그래요. 나도 잘 알아요. 그 '이런' 소리가 나오게 만드는 상황
들 말이에요. 그래서 내가 계산은 레이첼에게 맡기고 안전하게
주방에만 머무는 거예요."

"맨발로요?"

그의 한쪽 눈썹이 천천히 위로 올라갔다. 그가 프랑스어로 물
었다.

"파르동(뭐라고요)?"

"아기 가진 채로 맨발로 부엌에서만 지낸다(여자들이 부엌에 갇혀 사회생활을 못 하는 것을 비꼬는 영미식 표현 - 역자 주)'는 말이에요."

그가 표현을 이해하지 못해서 당혹스러워하는 얼굴을 하자, 클레멘타인의 목소리가 점점 잦아들었다.

"아무것도 아니에요. 바보 같은 농담이었어요. 자, 여기요. 이게 오늘의 판매 내역이에요."

그녀는 서둘러 손으로 적은 판매 내역을 건넸다. 실수로 컴퓨터 시스템을 잘못 건드려 정보를 모두 날려버릴 경우를 대비해서 계산이 끝날 때마다 직접 손으로 적은 목록이었다. 그는 목록을 받아 들고 진지하게 살펴보았다. 그의 짙은 눈빛이 다시 그녀에게 향했다.

"이거 무척 좋은 소식인데요. 상당히 괜찮아요. 비앙 페(아주 좋아요), 클레멘타인, 메르시(고마워요)."

이럴 수가.

저 치명적인 눈빛…….

'나야말로 메르시(고마워요)예요.'

클레멘타인은 떨리는 목소리로 겨우 말을 꺼냈다.

"고마워요."

도미닉은 손가락으로 유리 진열장을 두드리며 목록을 다시 건네주었다.

"이따 마감하고 나와 위층에서 술 한잔 할 수 있겠죠? 우리가 이룬 성공에 축배를 들어야죠."

"물론이죠. 분명 레이첼도 좋아할 거예요."

클레멘타인은 아무 생각 없이 대답했다가, 그의 눈빛이 어두워지는 것을 보고 자책하여 스스로를 꼬집고 싶어졌다. 도미닉이 허스키한 목소리로 답했다.

"우리 둘만 있고 싶었는데요."

클레멘타인은 자신을 빤히 바라보는 그의 눈빛과 마주쳤고, 그에게서 눈을 돌릴 수가 없었다. 사람들이 말하는, '자석처럼 끌린다'라는 게 이런 것일까.

"아, 그래요. 음······."

"흠, 흠!"

그때 레이첼이 카운터로 다가와 큰 소리로 목소리를 가다듬었다. 도미닉은 기울였던 몸을 일으켜 얼굴을 살짝 찌푸린 채 레이첼을 바라보았다. 클레멘타인 역시 얼굴이 달아오른 채로 깜짝 놀라 정신을 차렸다.

"무슨 일이죠?"

레이첼은 커다란 흰색 손수건에 얼굴을 묻고 재채기를 하고는 도미닉 뒤쪽으로 고갯짓을 하며 말했다.

"손님이 오셨어요. 두 분이 이야기 나누느라 바빠서 아마도 알아차리지 못한 것 같은데, 제가 이렇게 계속 재채기를 해대면서 손님을 응대할 수는 없어서요. 그래서 알려드려야 할 것 같았어요."

도미닉이 옆으로 비켜났고 클레멘타인의 눈이 휘둥그레졌다. 그의 바로 뒤편에 체구가 자그마한 노부인이 서 있었던 것이다. 흰머리에 슬퍼 보이는 얼굴을 한 그녀는 클레멘타인이 전날 가게 앞에서 마주쳤던 사람이었다. 노부인은 오늘은 모자를 쓰고 있지 않았다. 팔순은 되어 보였다. 노부인은 흰색 깃이 달린 밝은 하늘색 원피스에 울 카디건을 입고 있었다. 지팡이에 기대선 채로, 노부인은 반쯤 넋이 나간 듯한 표정으로 초콜릿 진열장을 들여다보고 있었다. 그녀의 핸드백은 팔에 대롱대롱 걸려 있었고, 자신이 왜 이곳에 있는지 모르겠다는 듯한 연약하고 혼란스러운 얼굴을 하고 있었다.

"기다리시게 해서 정말 죄송해요."

클레멘타인은 즉시 사과의 말을 꺼냈다.

"무엇을 도와드릴까요, 손님?"

도미닉은 레이첼을 한쪽으로 데리고 가서 조용한 목소리로 제품 진열에 관해 이야기를 나누었다. 그 모습을 보고 클레멘타인은 질투심을 느끼지 않으려 손님에게 집중했다. 레이첼이 약혼자와 틀어졌다고 해서 바로 새 애인을 찾고 있다고 볼 순 없었다. 게

다가 도미닉은 아직 클레멘타인의 남자도 아니었다. 둘이 서로 좋아하는 건 사실이지만, 그것이 전부였다. 그 이상으로 진전되지 않을 가능성도 다분히 있다. 단둘이 몇 분이라도 같이 있게 되기만 하면 어김없이 방해꾼이 나타나곤 했으니. 노부인은 진열되어 있는 유리 상자 안의 초콜릿들을 손으로 가리켰다.

"우리 남편이 좋아한다우⋯⋯. 아니, 좋아했지. 위에 체리가 있는 초콜릿 말이우. 진짜 체리 말고 초콜릿으로 만들어진 체리가 올라간 거라우. 그걸 몇 개 사려고 왔는데 다 나갔나 보구만."

클레멘타인은 진열장을 들여다보았다. 체리가 올라간 초콜릿이 뭔지 생각이 나지 않았다. 그녀는 염려가 되어 노부인에게 말했다.

"죄송합니다, 손님."

노부인이 너무나 슬픈 얼굴을 하는 바람에 클레멘타인은 그녀를 실망시킨 것이 커다란 잘못처럼 느껴졌다. 그녀가 말을 이었다.

"맞아요. 지금은 진열 중인 것이 없네요. 하지만 혹시라도 라벨 씨가⋯⋯"

그때 도미닉이 나타나 노부인에게 고개를 끄덕여 인사했다.

"죄송합니다만 손님, '체리 밤'을 사고 싶으시다는 거지요?"

"맞아요! 이름이 그거였다우."

노부인은 확연히 밝아진 얼굴로 그에게 미소를 지었다.

"아, 고마워요. 혹시 더 있을까요?"

그는 설득하는 듯한 표정으로 미소를 지으며 노부인에게 말했다.

"지금 만들어둔 것은 없습니다만…… 내일 오후에 다시 한번 들러주시면 한 봉지를 따로 빼두도록 하겠습니다."

"고맙수, 젊은 양반."

노부인은 한숨을 쉬고 말했다.

"남편 어니스트가 그 초콜릿을 너무나 좋아했거든. 금요일 오후에 그걸 사러 여기 들르곤 했다우. 혹시 그를 기억하시려나?"

도미닉은 애매한 표정을 지었지만, 레이첼이 고개를 끄덕였다.

"기억나요. 파란색 스카프를 하고 다니시던 신사분이요. 항상 미소를 짓고 계셨죠!"

"그 사람이에요. 어니스트라우."

노부인이 미소를 지으며 고개를 끄덕였다. 곧 그녀의 미소는 가늘게 떨리며 잦아들었다.

"남편이 얼마 전에 세상을 떠났다우. 이제 나 혼자뿐이야. 어제 장례식이 있었거든. 조용하게 치렀어요. 그이가 그걸 원했다우. 가족들만 참석하는 걸로 말이우. 이젠 남은 가족도 별로 없는데도. 그런데 오늘은…… 어쩐지 그이가 제일 좋아했던 초콜릿을 사고 싶다는 생각이 들지 않겠수."

노부인은 지팡이로 바닥을 부드럽게 두드리며 마치 남편이 가

장 좋아하는 초콜릿이 진열장에 있는 것처럼 진열장을 빤히 바라
보았다.

"그이도 아마 좋아할 거요. 내가 그 초콜릿을 몇 개 사서 먹는
걸 말이우."

"비앙 쉬르(물론이죠). 분명 그러셨을 겁니다."

클레멘타인은 문득 전날 보았던 장례 행렬과 꽃으로 장식된 운
구차를 뒤따르던 단 한 대의 차량에 타고 있던 문상객들이 생각
났다. 사람 수가 정말 적었던 것이 기억났다. 분명 그게 어니스트
의 장례식이었을 것이다. 노부인이 그렇게 슬퍼 보이는 것도 당
연한 일이었다.

클레멘타인이 말했다.

"내일 오실 때까지 초콜릿을 포장해서 준비해둘게요."

노부인의 눈이 눈물에 젖어 반짝이는 걸 보자 그녀도 울고 싶
어졌다.

"정말 고마워요."

노부인은 한 번 더 감사를 표하고 천천히 문 쪽으로 걸어갔다.
도미닉은 노부인을 도와 문까지 배웅하고는 거리로 걸어가는 모
습을 잠시 서서 바라보았다. 매장으로 돌아왔을 때 그는 생각이
가득한 표정이었다.

"저 분을 보니 할머니가 생각나네요."

그는 조용한 목소리로 말을 맺고는 클레멘타인과 레이첼을 향해 조금 사무적으로 고개를 끄덕였다.

"봉, 알롱지(자, 갑시다). 아직 할 일이 많이 남았네요. 주방으로 가봐야겠어요."

"안되셨네요."

노부인의 뒷모습을 보며 레이첼이 말했다. 클레멘타인도 고개를 끄덕였다.

"저 분 연세에 홀로 남겨지는 건 정말 끔찍한 기분일 거예요."

"이 나이에 혼자인 것도 정말 끔찍한 일이에요."

레이첼이 입술을 깨물며 중얼거렸다. 그러고는 여러 차례 큰 소리로 재채기를 해댔다. 클레멘타인은 자신이 또 쓸데없는 말을 했다 생각하며 스스로를 걷어차고 싶어졌다. 남자 친구와 막 헤어진 레이첼에게 생각 없이 외로움이 어쩌니 하고 주절댔던 것이다. 클레멘타인이 우물거리며 사과의 말을 꺼내려 했지만 레이첼은 고개를 가로저었다.

"아뇨, 당신 잘못이 아니잖아요. 정신 차려야죠. 이렇게 얼굴만 찌푸린 채로 그 사람이 전화해주기만을 기다리지 말고 말이에요."

레이첼은 다시 초콜릿을 채우려 빈 진열 상자 몇 개를 들어 올렸다.

"아, 그런데, 고양이가 다시 왔어요. 알다시피 제가 고양이 알

레르기가 있어서요……. 혹시라도 고양이한테 먹이를 줄 수 있으면……."

"그래요, 미안해요. 괜찮아요. 내가 먹이 줄게요."

아름다운 흰색 페르시안 고양이는 꼬리를 동그랗게 만 채 가게 뒷문 앞에 앉아 있었다. 클레멘타인이 손에 참치 캔을 하나 들고 가게를 나서자 고양이는 고개를 한쪽으로 갸웃하고는 멋진 흰 이빨을 드러내며 조용히 야옹 하는 소리를 냈다.

"불쌍한 이가 여기 하나 더 있네."

클레멘타인이 고양이에게 말을 거는 사이, 도미닉이 나타나 그녀를 바라보았다. 고양이 접시에 참치를 부어주는 동안, 그는 차가운 햇볕 아래 문틀에 기대선 채로 양손을 앞치마에 쓱쓱 문질러 닦았다. 클레멘타인이 혼잣말로 말했다.

"정말 멋진 아이야. 주인이 누구일지 궁금하네."

"누군지 정말 정말 운이 좋은 사람이겠지요."

도미닉이 부드럽게 말했다. 클레멘타인이 놀라 두리번거리려던 참에 그는 가게 안으로 사라졌다. 하루를 마칠 때쯤 클레멘타인은 녹초가 되었지만, 가게를 닫을 동안 위층으로 올라가서 기다리고 있으라는 도미닉의 지시를 너무나 기쁜 마음으로 따를 수밖에 없었다. 오늘처럼 하루 종일 선 채로 보낸 것은 너무나 오래간만이어서, 종아리와 발가락이 욱신거렸다. 그녀는 조용한 거실로 걸어 들어갔다. 거실의 흰 벽은 석양으로 인해 금색빛을 띠고 있었다. 복슬복슬한 흰색 털의 고양이는 소파 위에서 몸을 동그랗게 말고 잠들어 있었다. 난방이 자동으로 켜지게 되어 있었는지 집은 이미 따뜻하고 아늑했으며, 소파는 매우 편안해 보였다.

클레멘타인은 고양이를 쫓아버릴 힘도 없을 만큼 지쳐서 신발을 벗어 던지고는 소파 위에 몸을 눕히고 고양이를 깔고 눕지 않도록 이리저리 뒤척여 편한 자세를 잡았다. 더 이상 서 있지 않아도 된다는 것이 너무 다행이었다. 쿠션 위에 놓인 맨발을 끌어당겨 새빨개진 발가락과 발꿈치를 문질렀다.

"아아."

그녀는 시원하다는 소리를 내고는 고개를 젖히고 다시 소파에 누웠다. 그 순간 전화가 울렸다. 그녀는 소파 발치에 있는 낮은 탁자 위의 전화기를 바라보았다. 도미닉은 아직 위층으로 올라오지 않은 상태였다.

전화가 계속 울려댔다. 클레멘타인은 자고 있는 고양이 위로 조심스레 손을 뻗어 전화기를 집어 들었다.

"여보세요?"

전화를 건 쪽에서는 아무런 말이 없었다. 잠시 후 프랑스 악센트가 가득한 허스키한 남자 목소리가 들려왔다.

"알로(여보세요)? 도미닉?"

이런 젠장.

"여보세요."

클레멘타인은 프랑스어로 답할 생각도 없이 영어로 답했다. 완전히 머리가 정지해버렸다.

"음…… 도미닉…… 여기 없어요."

고양이가 몸을 살짝 움직였다. 자신에게 기대어 있는 클레멘타인에게 좀 화가 난 듯했다. 고양이의 꼬리가 휙 올라와 클레멘타인의 코를 간질였다.

남자가 말했다.

"에 보트르 농(이름이 뭔가요), 마드모아젤?"

클레멘타인은 프랑스어 실력이 그다지 좋지 않았지만 그래도 남자가 자신에 대해 묻고 있다는 것쯤은 알아차릴 수 있었다. 그녀는 고양이 꼬리를 얼굴 근처에서 떼어내려 고양이를 한쪽으로 밀치며, 남자에게 자기를 너무 많이 드러내지 말아야겠다고 본능적으로 생각했다.

"음…… 주 쉬(저는) 친구예요. 원 아미(친구)요."

또 다시 어색한 침묵이 흘렀다.

다행히도 계단을 걸어 올라오는 도미닉의 발소리가 들렸다.

"아, 음, 일라리브(도착해요)! 일라리브(도착해요)!"

클레멘타인은 도미닉이 현관에 나타나자마자 소파에서 몸을 일으켜 앉고는 고양이를 놔주었다. 고양이는 바로 일어나 기지개를 길게 폈다. 그녀는 쑥스러운 미소를 지으며 도미닉에게 전화기를 내밀었다.

"미안해요, 전화가 울리는데 어쩌야 할지를 몰라서 받았어요. 남자분이네요. 프랑스 사람이요. 당신을 찾고 있어요."

도미닉은 그녀를 바라보고는 전화를 건네받았다.

"위(여보세요)?"

그는 얼굴을 살짝 찌푸린 채 이야기를 잠시 듣더니 갑자기 고개를 끄덕이고는 알아들을 수 없는 긴 프랑스어로 속사포처럼 통화를 했다. 그러고는 더 이상의 대화 없이 갑자기 "농(아니요). 오르브와(끊어요)"라고 말하고는 전화를 끊었다. 그는 전화기를 인정사정없이 소파에 집어 던졌다. 전화기가 쿠션 뒤로 미끄러져 떨어질 것 같아 클레멘타인은 전화기를 얼른 집어 탁자 위에 올려놓았다.

"무슨 문제라도 생겼어요?"

하지만 도미닉은 대화를 하고 싶어 하는 분위기가 아니었다. 그는 고개를 가로젓고는 마치 하루 종일 일한 사람이 아닌, 방금 잠자리에서 일어난 사람처럼 양팔을 머리 위로 뻗으며 하품을 했다.

"아무것도 아니에요."

길게 기지개를 펴는 모습도 너무나 매혹적이었다. 그의 흰색 면

셔츠가 허리에서 살짝 삐져나와 있어 클레멘타인은 그쪽을 쳐다보지 말자고 속으로 다짐해야만 했다.

소파 위에는 그녀와 고양이 때문에 이미 자리가 없었지만 도미닉은 그녀 옆자리로 털썩 앉았다. 그 바람에 쿠션이 마치 타이타닉의 갑판처럼 기울어져 고양이가 못마땅한 표정으로 고개를 들고는 흰 이빨과 긴 분홍 혀를 드러내고 두 발을 길게 뻗으며 하품을 했다. 도미닉은 클레멘타인 쪽으로 몸을 기울여 고양이의 머리를 쓰다듬었다.

"벨르(아름답군요)."

그는 작은 목소리로 말하고는 클레멘타인의 얼굴을 들여다보았다. 둘의 입술은 고작 십 센티도 떨어져 있지 않았다.

"하지만 이 고양이와 함께 있는 사람만큼 아름답지는 않아요."

그가 이렇게 코앞까지 다가온 것에 놀란 나머지 클레멘타인의 심장은 고동을 치고 머릿속 역시 하얗게 되었다. 곧 그녀는 뭔가 의심쩍은 기분이 들었다. 도미닉은 오늘 노부인이 들어오기 직전에 잠깐 나눴던 대화를 제외하고는 온종일 클레멘타인에게 거의 눈길도 주지 않았던 것이다. 그래서 그가 이제 더 이상 자신에게 이성적 호감이 없는 게 아닐까 생각하려던 참이었다. 그저 나중에 필요할 때를 대비해서 어장관리를 위해 일부러 키스를 했던 것은 아닐까 하고 생각하기까지 했다.

'그건 너무 비인간적인 생각이었나.'

하지만 아주 틀린 건 아닐지도 모른다는 생각도 들었다.

"전화한 사람은 누구예요?"

"중요한 사람은 아니에요."

그의 눈을 바라보며 말했다.

"그래서 내 신경을 다른 데로 끌려고 하는 건가요, 도미닉?"

그는 몸을 젖혀 쿠션 위로 다시 몸을 던지고는 눈을 감은 채 어깨를 으쓱했다.

"비앙 알로흐(그러니까), 아까 그분은 아버지였어요."

"전화를 거신 분이 아버지라고요?"

당황한 나머지 목소리가 갈라졌다. 속으로 열까지 세며 마음을 진정시키고 나서 이번에는 긴장한 쥐새끼 같은 목소리가 나지 않기를 바라며 말했다.

"놀랍네요. 아버지와 통화를 그렇게 짧게 한 거예요?"

"좀 복잡해요."

그녀는 한숨을 쉬었다.

"가족 문제는 늘 그렇죠."

도미닉은 생각에 잠긴 눈으로 그녀를 바라보며 설명했다.

"이 가게를 시작할 수 있도록 아버지가 돈을 빌려주셨어요. 물론 그 돈은 갚았죠. 처음 육 개월 안에 다 갚았어요. 그런데도 아버지는 아직 내 사업 하나하나에 대해 캐물을 권리가 있다는 듯이 굴어요."

"그냥 당신이 염려되어 그러신 거겠죠."

"걱정이 되어 그러시는 게 아니에요. 아버지는…… 그러니까 그걸 뭐라고 하죠……? 참견하기 좋아하는 분이에요. 오늘 가게 문을 다시 여는 걸 알고 있어서 첫날 장사에 대해 세세하게 알고 싶으셨던 거죠. 그래서 아버지께…… 식사나 하시라고 했어요."

"도미닉!"

그는 어깨를 으쓱했다.

"아버지는 가게 운영에 하나하나 간섭을 해대요. 어떤 제품을 팔지, 물건들을 어떻게 진열할지, 언제 판촉행사를 할지 등에 대해 계속 지시를 하세요. 애초에 내가 가게 문을 닫은 건 어떤 면에서는 아버지의 이런 끊임없는 간섭에 지쳐서이기도 해요. 매 주말마다 판매액에 대해 설명해야 하는 것도 지쳤거든요. 아버지는 프랑스에서 정말 잘나가는 초콜릿 가게를 운영하고 있어요. 두 지역에 걸쳐 매장 여러 곳을 운영하고 계시죠. 아버지는 여기서도 프랑스에서 하는 방식이 그대로 먹힐 거라 생각해요. 런던 사람들은 프랑스 사람들과 다르다고 계속해서 아버지한테 말해야 했어요. 런던 사람들의 쇼핑 방식은 다르니까 마케팅이나 판촉 같은 것도 다른 방법을 취해야 한다고 말이지요. 하지만 아버지는 들으려 하지 않아요."

클레멘타인은 살짝 비난하는 말투로 말했다.

"그 말을 들으니 안됐네요. 전화상으로는 정말 멋진 분같이 들렸는데 말이에요."

그는 씁쓸한 미소를 지으며 말했다.

"여자들은 늘 아버지를 좋아해요, 비앙 쉬르(당연하죠)."

"부전자전인가요?"

그녀는 살짝 대담하게 말했다. 도미닉의 미소가 다소 짓궂으면서도 섹시한 미소로 바뀌었다.

"무슨 말이에요? 여자들이 나도 좋아한다는 말인가요?"

"그랬으면 하고 바라는 거예요?"

"위(그럼요). 그랬으면 좋겠어요. 가끔은 정말 그러길 바란다고요. 정말 이상한 일이지만, 당신을 만난 후로 계속해서 바랐어요……."

"……뭘요?"

"이걸요."

도미닉은 중얼거리듯 말하고 나서 손으로 클레멘타인의 등을 쓸어 올리고는 머리칼을 어루만졌다.

"그리고 이것도요."

갑작스러운 분위기에 놀라 클레멘타인은 그를 멍하니 바라보았다. 그 순간, 도미닉이 그녀를 확 끌어당겨 입을 맞추었다. 아찔한 기분이 들고 가슴이 꽉 죄어왔다. 도미닉은 생각했던 것보다 더 강하게 밀어붙였지만, 기꺼이 그가 하는 대로 몸을 맡기고 싶어졌다. 그녀는 남자에게 사랑을 받기보다는 늘 자신이 바라는 남자의 사랑을 갈구하는 쪽이었다. 그런데 이제 누군가에게 구애를 받으니 마음속에서 뭔가 해방이 되는 것 같은 기분이 들었다.

둘은 소파에서 서로 따뜻하게 밀착한 채로 오랜 시간 키스를 나누었다. 잠시 후 도미닉은 그녀에게서 몸을 살짝 떼고 한 손으로 그녀의 볼을 동그랗게 움켜쥐었다. 그는 엄지손가락으로 그녀의 벌어진 입술을 부드럽게 어루만졌다.

"클레멘타인. 당신은…… 정말 사랑스러워요."

그가 거친 숨을 내뱉었다.

'당신도 그래요.'

그녀는 그의 짙은 눈을 바라보며 속으로 중얼거렸다.

'사실, 너무나 멋있어요.'

하지만 그녀는 마법이 깨질까 두려워 아무 말도 하지 못했다.

도미닉은 그녀의 셔츠 속으로 손을 넣어 가슴을 부드럽게 애무하기 시작했다. 젖꼭지가 딱딱해졌다. 모든 피로가 사라지고 몸의 신경이 모두 깨어나며 간질거리기 시작했다. 갑자기 섹시하고 생동감 있는 기분이 느껴졌다. 그의 손길에 몸을 맡길 준비가 되었다. 비록 그게 한순간의 정사일 뿐이라도 말이다. 그의 손길 하나하나에 온 신경이 마법에 걸린 듯 살아 꿈틀거렸다. 이렇게 흥분한 게 얼마나 오래간만이던가……

"당신도 원해요?"

목에 키스하며 그가 물었다.

"그런가요?"

클레멘타인은 두 번 생각할 겨를도 없이 고개를 끄덕였다. 그녀의 숨이 가빠졌다. 부드럽고 고분고분한 입술로 그에게 다시 입을 맞췄다.

그녀는 사업을 접을까 생각하는 도미닉의 연약한 모습을 처음 본 그날 이후로 계속해서 그와 사랑에 빠진다면 어떤 기분일지 상상해왔다.

그리고 이제 그녀의 꿈이 실현되는 것처럼 보였다.

그녀가 바란 것만큼 관계가 빨리 진전되지는 않았지만 그게 꼭 나쁘다고 할 수만은 없었다. 선불리 뜨거운 관계가 되었다가, 뜨겁기는커녕 후덥지근하기만 한 관계가 되어버리는 것이 더 최악이기 때문이었다.

도미닉의 키스 실력은 말로 표현할 수 없을 만큼 좋았다. 사실 그녀는 자석이 끌어당기듯 안에서 강하게 끌리는 이상한 느낌을 받았다. 마치 한 영혼이 둘로 갈라져 있다가 서로 찾은 듯한 그런 느낌이었다.

심장이 쿵 하는 소리를 냈다. 그것도 매우 큰 소리를.

그의 목에 팔을 두르고 키스에 몸을 맡겼다. 도미닉에 대해 상상의 나래를 펼칠 때 생각했던 그 이상의 일들이 지금 일어나고 있었다. 오늘 밤 마침내 그가 기다릴 만한 가치가 있는 사람이었는지를 알 수 있게 될 것이었다.

심장이 너무나 큰 소리로 쿵쿵거리는 바람에 갑자기 불안한 생각이 들었다. 심장마비라도 오려는 것일까? 아무리 엄청난 사랑을 나눈다고 해도 심장마비로 죽는 건 원치 않는데.

클레멘타인은 도미닉이 그녀에게서 몸을 떼고 짜증과 절망이 가득한 표정으로 얼굴을 찌푸리고 있는 것을 보고서야 비로소 '쿵!' 하는 소리가 심장이 뛰는 소리가 아니라 누군가 아래층 가게의 문을 두드려대는 소리였다는 것을 깨닫게 되었다.

"돔! 거기 있어?"

여자의 목소리였다.

"아, 몽듀(이런)! 도미닉? 우브르라포르트(문 열어)!"

도미닉은 클레멘타인을 안고 있던 팔을 풀었다. 그는 자리에서 일어나 성큼성큼 창문을 향해 걸어가, 닫힌 블라인드를 살짝 벌려 그 틈으로 아래의 거리를 내려다보았다.

"메르드(젠장)!"

125

클레멘타인은 셔츠를 아래로 끌어내리며 엉망진창일 자신의 모습을 걱정했다. 그녀는 도미닉보다는 훨씬 덜 우아한 모습으로 창 쪽으로 발을 옮겼다.

"누구…… 누구예요?"

도미닉은 몸을 돌려 클레멘타인이 헝클어트린 머리칼을 손으로 가다듬었다. 그는 낮은 목소리로 프랑스어 욕설을 내뱉었다. 욕 중 한두 단어는 알아들을 수 있었지만 나머지 대부분은 대충 분위기만 추측할 수 있었다. 클레멘타인은 나중에 언제든 절망스러울 때 프랑스어로 욕을 내뱉을 수 있도록 그 표현을 머릿속에 저장해두었다.

그가 으르렁거리듯 말했다.

"내 사촌 클로이에요. 프랑스에서 돌아왔네요."

그가 말을 이었다.

"게다가 혼자도 아니에요. 아까 전화가 온 이유를 이제야 알겠네요. 아버지가 같이 오셨어요!"

6

도미닉의 아버지에게 탐폰을 보이다

도미닉이 아버지와 사촌을 데리러 아래층으로 내려가 있는 동안, 클레멘타인은 어쩐지 자신이 방해가 된 기분을 느끼며 위층에서 그들을 기다리고 있었다. 쪼르르 창문으로 달려가 클로이의 모습을 확인하고 돌아서면서 우연히 오븐의 유리에 비친 자신의 모습이 눈에 들어왔다. 공포에 질려 비명을 지르고 싶을 지경이었다. 완전히 엉망진창이었다. 머리는 산발에, 얼굴은 지친 표정으로 땀에 젖어 번들거리고 있었다.

이 모습으로 도미닉의 아버지를 만날 참이었던 것이다!

소파로 달려가 핸드백에서 몸단장을 할 수 있는 만한 것들을 찾아 재빨리 뒤적였다. 도미닉과 함께 아래층으로 내려가지 않은 것이 그다지 예의 바른 행동은 아닐지 몰라도, 지금은 적어도 화장을 고치고 머리를 매만질 시간이 있어 다행이라는 생각이 들었다.

클레멘타인은 소파 한쪽에 걸터앉아 가방에서 꺼낸 작은 거울을 들여다보았다. 입술 화장을 수정해야 할 곳이 있는지 입술을 물고기처럼 삐쭉 내밀어 살펴보았다. 그러고는 제일 좋아하는 립스틱을 꺼내 떨리는 손으로 입술에 덧발랐다. 그 순간 도미닉의 아버지가 도미닉보다 앞서 현관으로 들어섰다.

그녀는 아버지가 먼저 들어올 거라고 생각하지 못했던 터라 너무 놀란 나머지, 자신도 모르게 립스틱을 든 손을 화들짝 움직여 버렸다. 그 바람에 립스틱이 입술 라인을 넘어 쭉 그어졌다.

"이런 젠장!"

클레멘타인이 외치는 소리에 그의 아버지가 눈을 가늘게 뜨고 그녀를 바라보았다.

'눈매가 아들과 정말 똑같네.'

클레멘타인은 긴장된 손길로 화장품을 가방에 허겁지겁 담고는 자리에서 벌떡 일어섰다. 하지만 핸드백이 열린 채 쓰러져서 안에 있던 물건들이 와장창 소리를 내며 바닥에 쏟아졌다. 동전 여러 개, 거울, 아이팟과 헤드폰, 오랫동안 잃어버렸다고 생각하고 잊고 있던 목걸이, 가방 바닥에 이것저것 엉킨 채로 뭉쳐 있는 잡동사니 뭉치들이었다.

그때 또르르 소리를 내며 포장지에 든 탐폰 하나가 나무 바닥을 굴러가 도미닉의 아버지의 발치에서 멈췄다. 백발의 라벨 씨는 무표정하게 그 탐폰을 내려다보고는 다시 그녀를 쳐다보았다.

'이런 젠장할.'

속으로 외쳤다.

'정신 차려.'

클레멘타인은 단호하게 마음을 다잡고 번진 입술에 머리를 산발한 자신의 모습이 광대처럼 보이지 않기를 바라며 억지로 웃음을 지어 보였다. 라벨 씨는 여느 노신사와 다를 바 없었다. 그는 도미닉보다 나이가 스물다섯 살 정도 더 많아 보이긴 했어도, 그와 놀라울 정도로 생김새가 비슷했다. 그 사실이 클레멘타인을 잔뜩 긴장하게 했다. 도미닉이 나이가 들면 바로 저렇게 생겼을 것이다. 어쩐지 감명 깊은 모습이었다.

"좋지 않은 말을 써서 죄송합니다, 라벨 씨."

그녀는 재빨리 말하며 기운을 내어 미소를 짓고 손을 뻗었다.

"클레멘타인이라고 합니다. 좀 전에 전화로 말씀 나눴었죠. 근처에 오셨다고 말씀해주셨더라면 좋았을 텐데요……. 차를 우려낼 물을 좀 끓여놓게 말이죠."

도미닉이 뒤이어 들어왔다. 아버지에게 내민 그녀의 손을 보고 그가 인상을 찌푸렸다. 자기가 두 사람을 소개해줄 때까지 기다리지 않고 클레멘타인이 먼저 악수를 청한 것을 무례하다고 생각해서 그런지도 몰랐다. 아니면 아버지 앞에 탐폰을 떨어뜨려 기분이 상했을지도 모르는 일이다. 그녀의 성급함 아니면 탐폰, 둘

중 어떤 것이 그를 더 언짢게 만들었는지 정확히 알 수 없었다.

클로이가 흥미로워하는 표정으로 두 남자를 지나 가까이 다가와 클레멘타인을 바라보았다. 클로이는 윤기가 흐르는 어깨 길이 정도의 짙은 갈색 머리칼을 지닌 날씬한 여성이었다. 그녀는 고개를 한쪽으로 기울인 채 얼굴 가득 꾸민 듯한 미소를 짓고 있었다. 어디로 보나 섹시하고 매우 자신감 넘치는 모습이었다.

다시 말해, 클레멘타인의 정반대였다.

클레멘타인은 너무나 부끄러운 나머지 그냥 창밖으로 몸을 던져버릴까 잠시 진지하게 생각했지만, 이내 그 좁은 창틀로는 몸이 빠져나갈 수도 없을 것이라는 결론을 내렸다. 드라마틱하게 자살 시도를 했는데 그만 엉덩이가 창문에 끼어버리면 상처 입은 마음을 달래기는커녕 지금보다 더 끔찍한 상황이 되어버릴 테니.

"아버지, 클로이, 이쪽은 클레멘타인이에요. 새 직원이죠."

도미닉이 간결하게 소개했다.

"클레멘타인, 제 아버지, 그리고 사촌 클로이에요."

"안녕하세요."

클레멘타인은 기어들어가는 목소리로 둘에게 인사했다.

"만나 뵈어 반갑습니다."

집 안에는 무시무시한 침묵이 흘렀다. 클로이는 허리에 양손을 올린 채 씩 웃고 있었다. 그 모습을 보자 클레멘타인은 교활하고 배가 고픈, 이제 막 피 냄새를 맡은 하이에나가 떠올랐다. 라벨 씨는 눈썹을 치켜올린 채 아무 말도 없이 계속해서 그녀와 바닥에 흩뿌려진 잡동사니들을 살펴보고 있었다.

클레멘타인은 문득 라벨 씨가 영어를 못하는 건 아닐까 생각했다. 그렇다면 방금 그가 알아듣지도 못하는 언어로 인사를 하는 멍청한 짓을 한 게 아닐까? 아니면 립스틱이 생각보다 훨씬 심하게 번져 라벨 씨가 혹시 그녀를 도미닉의 목덜미에서 피를 빠는 뱀파이어로 생각하고 있는 건 아닐까?

그녀는 천천히 손을 떨구고 호소하는 듯한 눈빛으로 도미닉을 쳐다보았다. 그 순간 그녀는 두 가지 당혹스러운 사실을 발견했다. 하나는 클로이가 자신을 경멸이 뚝뚝 떨어지는 눈빛으로 쳐다보고 있었다는 것이었고, 다른 하나는 도미닉과 라벨 씨가 동시에 그녀의 가슴 언저리를 쳐다보고 있었다는 것이었다. 그것도 뚫어지게.

당황하여 아래를 내려다본 클레멘타인은 공포로 몸이 굳어버렸다.

"메르드(젠장)."

그녀가 중얼거렸다. 좀 전에 '젠장'이라고 영어로 욕설을 해버려 사과까지 해놓고는, 그 사과가 무색하게도 이제 프랑스 말로까지 욕을 해버린 것이었다.

셔츠 단추 두 개가 어쩐 일인지 풀려 있었다. 아마도 좀 전에 도미닉이 어루만졌을 때 풀린 모양이었다. 그동안 앞에 서 있는 세 사람에게, 속이 훤히 비쳐 보이는 흰색 레이스 브래지어 속의 젖가슴을 드러내 보인 채 서 있었던 것이다.

'아, 망할!'

광대같이 번진 입술도 모자라서, 고용주의 집 안에서 반쯤 헐벗은 채로 서 있었던 것이다. 방금까지 어떤 섹스광에게 한껏 애무를 받은 듯한 모습으로. 그녀는 서둘러 상의를 매만졌다. 하지만 이는 어떤 면에서는 사실이었다. 비록 섹스광과 함께한 건 아니었지만 도미닉이 그녀를 만져댄 것은 사실이었으니까.

"우리가 둘만의 사적인 대화라도 방해한 건가? 오빠의 새 직원 분과 함께 있는 걸 말야. 저분 정말이지 너무나 당황스럽겠어."

클로이는 느릿느릿 말하며 손으로 입을 가린 채 낄낄댔다. 그러고는 프랑스어로 뭔가 알아들을 수 없는 말을 보탰다. 무슨 말인지는 알 수 없었지만 기분이 상할 말을 하는 것 같았다. 클레멘타인은 클로이를 날카로운 눈으로 쏘아보았다. 그녀의 말 하나하나가 기분 나쁘게 들렸다.

클로이는 클레멘타인보다는 조금 더 나이가 있어 보였다. 아마도 스물넷이나 다섯쯤 되었으리라. 큰 키에 깡마른 몸매였다. 모델처럼 말라서 골반의 뼈대가 드러나 보였고 배도 납작했다. 그녀는 숨소리가 많이 섞인 목소리로 말했는데, 섹시하게 들리려고 일부러 꾸며낸 것이 분명한 목소리였다. 게다가 섹시하게 들리게 하려고 일부러 강한 프랑스어 악센트를 섞어 이야기하는 것 같았다. 골반 바지에 짧은 상의를 입은 클로이는 특별한 노력 없이도 매우 관능적이고 매혹적으로 보였고, 스스로도 그 점을 잘 알고 우쭐대고 있는 것 같았다.

도미닉이 아버지처럼 눈을 가늘게 뜨며 클로이에게 말했다.

"클레멘타인이 있으니 영어로 이야기하면 안 될까?"

그는 말을 이었다.

"그리고, 아니야. 네가 뭘 방해하거나 한 거 아니라고. 그래도 아버지와 네가 도착한 걸 미리 알려줬더라면 좋았을 거야. 클로이, 너는 오늘 밤에도 머물 곳이 있겠지. 늘 그렇든 너를 재워줄 멍청이들이 줄을 섰을 테니 말이야. 하지만 아버지는 당장 주무실 곳이 필요하니까. 아버지가 내 방에서 주무시고 나는 소파를 펼쳐서 자면 될 것 같아."

클로이는 도미닉의 화난 모습에 놀라지 않은 것 같았다. 그녀는 무시하듯 어깨를 으쓱했다.

"어쨌든 오빠의 멋진 밤은 날아갔네. 펠 도마즈(유감이야)."

클레멘타인은 어느새 자신이 클로이의 불쾌한 태도에 이를 갈고 있음을 알아챘다. 라벨 씨는 아직 아무런 말이 없었지만 그들의 대화를 주의 깊게 듣고 있는 것 같았다. 클레멘타인은 도미닉을 향해 돌아서 다소 차가운 말투로 말했다.

"긴 하루였네요. 그럼 전 이제 집에 가야겠어요, 사장님."

그녀는 마치 둘 사이에 아무 일도 없었다는 것을 강조하듯 일부러 도미닉을 사장님이라 불렀다. 비록 누가 들어도 일부러 그러는 것이 티가 나긴 했지만 말이다.

"판매액에 관해서는 내일 논의하기로 해요."

도미닉 역시 짧게 고개를 끄덕였다.

"고마워요, 클레멘타인."

클레멘타인은 핸드백에서 떨어져 흩어진 물건들을 주우려 몸을 숙였다. 클로이의 킥킥대는 웃음소리가 들려왔다. 도미닉이 그녀를 도우려 몸을 숙이며 말했다.

"아래층까지 바래다줄게요."

그 말에 올려다보니, 그의 눈과 마주쳤다.

"오늘 도와준 것에 대해 충분한 감사를 전하지 못한 것 같아요. 당신이 없었더라면 아마 해내지 못했을 거예요."

그 말에 가슴 깊이 따스함을 느꼈다. 그의 입술을 바라보다가 조금 전 키스했던 때가 떠올랐다. 그 정열적인 키스야말로 제대로 된 감사 표시였는데!

"천만에요."

그녀가 작은 소리로 대답했다.

라벨 씨는 몸을 구부려 발치에 떨어진 탐폰을 주워 시들한 눈빛을 하고서 클레멘타인에게 돌려주었다.

"이것도 챙겨 가야죠. 도미닉의 가장 최근의 쁘띠 아미(여자 친구)를 만나서 반가웠소. 회계사라고 들었소만, 마드모아젤."

프랑스어 악센트가 무척 강하긴 했지만, 라벨 씨의 영어도 아들만큼이나 훌륭했다. 그는 업신여기는 것이 분명한 표정으로 그녀를 위아래로 훑어보았다.

"사실 과장해대는 게…… 도미닉의 특기이긴 하지요."

'가장 최근의 여자 친구? 아니, 도미닉은 한 달에 몇 명이나 여자 친구를 갈아 치운다는 거야? 망할.'

"어서요, 클레멘타인."

도미닉이 다소 거칠게 말하며 그녀를 재촉했다. 그가 하도 꽉 붙잡는 바람에 팔에 피가 통하지 않는 기분이었다.

"가야죠."

그녀의 두 뺨은 수치심으로 활활 불타오르고 있었다. 이런 상황에서 '쁘띠 아미(여자 친구)'가 무슨 뜻인지는 굳이 말하지 않아도 분명했다. 그냥 단순한 여자 친구가 아니라 추잡한 그 어떤 걸 지칭하는 것이었다.

'아, 정말 죽어버리고 싶다.'

도미닉이 가파른 계단을 따라 그녀를 아래 매장까지 바래다주었다. 불도 꺼져 있고 돌아다니는 손님들도 없는 매장은 이상할 만큼 어둡고 조용했다. 도로로 향하는 잠긴 문에 다다르자 그가 팔을 두르고 다시 입을 맞췄다.

클레멘타인도 그의 입맞춤에 답하려 했지만, 모든 것이 달라져 있었다.

자기의 기분도 더 이상 알 수가 없었다. 마치 마음이 꽁꽁 얼어붙은 느낌이었다. 그녀가 입맞춤에 아무 반응을 보이지 않자 도미닉은 조금 더 밀어붙이듯 키스해왔다. 잠시 후 도미닉이 몸을 떼고 클레멘타인의 표정을 살피자, 그녀는 마음이 텅 빈 듯한 절망감을 느꼈다.

"아버지를 용서해줘요. 평소에는 저렇게 무례하시진 않은데. 이렇게 늦은 시간에 집에서 당신을 보게 되어 많이 놀라신 것뿐이에요. 우리가 만난 지 얼마 안 되는 걸 알고 계신데 갑자기 당신을 그렇게 마주치게 되니……."

그는 화가 나 보였다.

"농(아니에요). 아버지의 행동에 대해 변명하진 않겠어요. 당신에게 그렇게 말씀하시면 안 되는 거였어요. 남녀 문제에 있어서 아버지는 너무나 구식인 분인데 당신이 우리 집에 있으니……."

클레멘타인은 그의 말을 잘랐다.

"이해해요. 괜찮아요."

물론, 거짓말이었다.

그가 다시 키스했다. 아버지의 차가운 행동과 그녀의 당황한 모습을 잠시라도 머릿속에서 떨쳐버리게 해주려는 마음이었다.

"저들의 방해를 받아 유감이에요, 클레멘타인."

목에 키스하며 그가 속삭였다.

"나도요."

"당신에게 키스하는 게 좋아요. 중독성이 있어요, 쥬 크와(내 생각엔 말예요). 사실 아버지가 도착하시기 전에는 당신에게 자고 가지 않겠냐고 물어보려고 했었어요."

그 말에 놀라야 했을 테지만 어쩐지 클레멘타인은 놀라지 않았다. 도미닉과 함께 보내는 밤은 정말 멋졌을 것이다.

'아, 제길.'

그에게서 몸을 떼니 이번에는 그 눈길에 뺨이 불타오르는 것 같았다.

"당신이 자고 가라고 했으면 분명 그러겠다고 대답했을 거예요."

굳이 이런 대답을 입 밖으로 낼 필요가 있는지는 모를 일이었지만, 어쨌든 그의 말에 답해 주었다.

"브레멍(진짜로요)?"

"하지만 그건 아까의 상황이고, 지금은 이렇게 돼버렸네요."

"그러게요."

도미닉은 그녀를 더 꼭 감싸 안고 이번에는 더 긴 키스를 퍼부었다. 그는 클레멘타인의 입술을 끝없이 갈구하며 그녀의 머리칼을 쓰다듬었다. 키스가 너무 길어지자 도미닉이 위층의 손님들을 까맣게 잊어버린 건 아닌지 궁금해지기 시작했다.

"날 차갑게 대하지 말아요, 클레멘타인."

그가 허스키한 목소리로 귀에 속삭였다.

"아버지는 오래 계시지 않을 거예요. 아버지가 프랑스로 돌아가시고 나면……."

그녀는 뒤로 주춤 물러섰다. 아버지가 가고 나면 잠자리를 같이 하자고 아무렇지도 않게 말하는 그의 모습에 갑자기 긴장이 되었다.

"음, 그때 가서 상황을 보도록 해요."

재빨리 대답하고는 손으로 문을 찾아 더듬었다.

"어떤 일이 생길지 모르잖아요. 내일 봐요!"

도미닉은 무표정한 얼굴로 그녀가 나가는 것을 바라보고는 문을 닫았다. 그가 문을 잠그는 소리가 들렸다.

끔찍하게 끝이 났다는 느낌을 주는 소리였다.

거리는 무척 추웠다. 클레멘타인은 덜덜 떨며 코트 속으로 몸을 움츠렸다. 마치 천국에서 쫓겨난 것 같은 기분이 들었다. 아직 사과를 한 입 깨물어보지도 못했는데 말이다!

바람이 쌩쌩 부는 지하철 입구에 서서 뒤를 돌아보았다. 도미닉의 집 창문에 페르시안 고양이가 자리를 잡고 있는 것이 보였다. 고양이는 창문 유리와 블라인드 사이의 좁은 틈을 비집고 들어가서, 마치 밖에 나가 주인을 다시 찾고 싶다는 듯 거리를 내려다보고 있었다. 클레멘타인은 왠지 그 기분을 알 것만 같았다.

비참한 기분이었다. 믿을 수 없을 만큼 좋았다가 더 이상 내려갈 곳도 없는 곳까지 추락해버린 비참한 기분이었다. 너무나 비참하게 가라앉아버렸다. 지나가는 버스에 치여 팬케이크처럼 납작해지지 않고서는 무엇과도 비교할 수 없을 만큼 가라앉은 비참함이었다. 울고 싶었지만 그냥 울어버리는 건 또 스타일이 아니었다. 자신을 꼬집어보고도 싶었지만 그건 또 너무 아플 것 같았다. 마음도 다친 마당에 굳이 몸까지 멍들게 하지 않아도 이미 충분히 상처 받은 터였다. 그러면 차라리 가볍게 뺨을 때려보는 건 어떨까……

나중에 잠자리를 같이 하자는 도미닉의 말에 확답을 주지 않아 그나마 있던 기회도 모두 날려버린 건 아닐까? 하지만 내일은 상황이 또 어떻게 달라질지도 모르는데, 어떻게 내일 당장 잠자리를 같이 하기로 약속할 수 있겠는가. 내일 또 무슨 일이 어떻게 일어날지도 모르는데!

클레멘타인은 도미닉이 좋았다. 말로 표현할 수 없을 만큼 좋았다. 하지만 그가 자기를 정말 어떻게 생각하는지는 알 수가 없었다. 확실히 알 수 있는 것이라고는 서로에게 성적으로 끌린다는 것뿐이었다. 하지만 그것만으로는 그와 잠자리를 같이 할 수 없었다. 게다가 그의 사촌 클로이의 경멸하는 듯한 표정도 본 이 마당에 말이다. 클로이는 도미닉이 그녀와 가깝게 지내는 걸 달가워하지 않는 듯한 눈치였고, 지금쯤은 둘 사이를 갈라놓으려고 애를 쓰고 있을 것이다. 아마도 클레멘타인이 자신의 일을 가로채버린 것에 화가 났거나, 아니면 클레멘타인이 사촌 오빠에게 어울리는 여자가 아니라고 생각할지도 모른다.

클레멘타인은 오래 가라앉아 있는 타입이 아니었다. 이런 점에서 클레멘타인은 훌륭한 권투선수가 될 수 있었을지도 모른다. 물론 장갑 끈만 잘 묶을 수 있었다면 말이다(그 커다란 권투 장갑을 끼는 건 정말 어려운 일 같았다. 도대체 한쪽 장갑을 낀 채 어떻게 다른 쪽 장갑 끈을 묶을 수 있단 말인가? 그 점이 항상 이해가 되지 않았다).

그녀는 실망감을 떨쳐버리려 고개를 세게 가로저었다. 이전에 무시를 당한 경험이 없는 것도 아니었다. 사실 요새는 무시를 당하는 게 그녀의 숨겨진 능력이 되어가고 있을 지경이었다.

어쩌면 어떤 식으로든 새로운 상사인 도미닉과 연관되지 않는 편이 나을지도 몰랐다. 일터에서 애정 행각을 벌이는 건 아주 좋지 않은 생각이었다. 재고가 쌓여 있는 창고에서 열렬한 포옹을 나눈다든지, 같이 일하는 다른 여자 직원을 오해하고 질투를 하고, 점심 막간을 이용해 정사를 나누고는 남은 시간 내내 '데오도런트를 더 바르고 왔어야 했는데' 하는 생각에 빠져 지내는 일, 나중에 속옷 안에 클립이 들어가 있는 것을 발견하는 일들로 가득할 테니까 말이다.

'아, 그래. 그건 미친 짓이고말고.'

그리고 억지로라도 그 거짓말을 믿어보려 했다.

"너 미쳤니?"

플로리는 입을 벌린 채 클레멘타인을 쳐다보았다.

"거절을 했다고?"

"응, 그게 바로 내가 상사와의 잠자리를 거절한 이유야. 내가 정신이 나간 여자니까. 내가 제정신이 아니라는 걸 확인시켜줘서 고마워. 나도 이제 내가 뭐가 문제인지 알겠어. 잘됐네. 굳이 돈 내고 따로 정신과 상담을 받을 필요도 없어져서."

클레멘타인은 자신의 사생활을 대놓고 간섭하려는 언니에게 화가 치밀어서 발로 문을 차 닫고는 흠뻑 젖은 옷을 벗어 던지기 시작했다. 집으로 오는 길에 비가 내리기 시작했던 것이다. 지하철역에서 집이 그다지 멀리 떨어져 있지는 않지만 그동안 옷을 흠뻑 적시기에는 충분한 비였다.

'늦겨울에 웬 폭풍이야.'

지붕과 창을 때리며 퍼붓는 빗소리를 들으며 생각했다.

'아, 도미닉.'

플로리가 방문 앞에 와서 닫힌 문틈 사이로 말했다. 그냥 무시하고 지나갈 수만은 없는 말투였다.

"그렇게 쏘아붙일 필요는 없잖아, 클레멘타인. 네가 그렇게 말한 거 잊었어? 도미닉 라벨은 정말 너무 섹시하다고. 내 기억으로는 네가 '섹스의 신'이라는 말까지 썼던 것 같은데. 그런데 왜 그런 섹시한 프랑스 남자와 잠자리를 함께할 기회를 날려버리는 거냐고? 고작 그 사람 아버지가 좀 기분 나쁜 사람이라는 이유만으로 말이지. 그 아버지가 계속 네 상사로 있을 것도 아닌데. 어차피 장사도 잘되지 않고 있으니, 가게도 한두 달이면 문을 닫을지도 모르고. 그러니 그 사람이랑 자버리고 그냥……."

플로리가 잠시 말을 멈췄다. 언니의 머릿속에서 바삐 돌아가는 톱니바퀴소리가 들리는 것만 같았다.

"아, 망할, 클레멘타인! 너 혹시 그 남자를 사랑하게 된 건 아니겠지, 그렇지?"

"아냐."

클레멘타인은 덤덤히 말했다.

"사랑하는구나!"

"말도 안 되는 소리 하지 마."

"그럼 왜 그 사람을 두고 별별 상상을 다 하는 주제에 같이 잘 기회를 거절한 건데?"

"아, 알겠어. 언니 기준으로는, 그러니까 섹시한 사람을 만나기만 하면 그냥 아무 생각 없이 잠자리를 가져버려야 한다는 거야?"

"콘돔만 잘 사용하면 괜찮잖아? 적어도 세 개는 써야 한다고 생각해. 첫 섹스는 언제나 엄청나지만 너무 일찍 끝나버리기 마련이거든. 그리고 나서 좀 쉬었다가 한 번 더 하는 거지. 아니면 잠시 쉬었다가…… 세 번째는 뒤로 하거나 그런 식으로 말이야."

클레멘타인은 옷을 벗다가 멈추고는 입을 떡 벌린 채로 닫힌 문을 쳐다보았다. 언니가 지금 무슨 말을 한 거지……?

"플로리!"

"클레멘타인!"

"언니 정말 구제불능이네. 술집여자 같아. 뒤로 하다니?"

"예를 들어서 그렇다는 거야."

"농담은 아니란 말이네?"

"다음에 한번 시도해봐. 뭔가 해방되는 기분이 들거든."

"장난해? 이런 주제로 이야기를 계속해야 할지 모르겠네."

클레멘타인은 우울하게 말했다.

"어쨌든, 언니가 무슨 말을 하든 그럴 수는 없어. 내 마음을 따르라고 말해주는 건 고맙지만 그러다 일이 심각하게 잘못되면 어떻게 하란 말이야?"

"아휴. 그럴 때를 대비해서 콘돔이라는 게 있는 거잖아."

"세상에, 언니. 지금 '뒤로 하는' 걸 말하는 게 아니야……. 그러니까 내 말은, 잠자리가 모든 걸 엉망으로 만들면 어쩌냔 말이야."

클레멘타인은 침실 문에 머리를 기대고 눈을 감은 채 말했다.

"이런 대화를 나누고 있다니 믿겨지지가 않는다."

플로리가 주저하며 말했다.

"네가 하는 말이 이해가 잘 안 되는데……. 그러니까 네 말은, 그의 물건이 중간에 죽어버리면 어쩌냐는 거야? 아니면 하던 중에 둘의 몸이 끼어버려서 판토마임에 나오는 말처럼 둘이 붙은 채로 응급실로 향하게 되면 어쩌냐는 말이야? 그래, 네 말이 맞아. 그럴 수도 있겠다. 그런 가능성은 생각해보지도 못했네."

"언니!"

클레멘타인은 기겁해서 소리를 질렀다. 그녀는 가장 가까이 있는 옷 중 가장 깨끗한 빨간 티셔츠와 편안한 반바지를 집어 들었다. 플로리가 말했다.

"음, 그럼 네가 한 말, 그러니까 '모든 게 엉망이 되면 어떻게 해?'라는 말은 도대체 무슨 뜻이야?"

"내 말은, 잠자리를 함께하고 난 다음 날 끔찍한 기분이 들면 어쩌냐는 거야. 그러니까, 그의 벗은 몸을 쳐다볼 수가 없거나 그가 다시 키스해오기 전에 도망쳐 나오고 싶은 기분이 들게 되면 어쩌냔 말이지. 그리고 나서 난 또 그 사람 가게로 일을 하러 가야할 텐데 말이야. 무슨 말을 해야 할지도 모르는 상태로."

클레멘타인이 잠옷 반바지로 갈아입던 중 또 다른 끔찍한 생각이 머릿속을 스쳤다.

"혹시 도미닉이 하룻밤을 보낸 상대에게는 절대 말을 하지 않는 그런 사람이면 어쩌지?"

"수화를 쓰면 되잖아."

플로리가 말했다.

"하나도 재미없거든. 나 지금 장난 아니라고."

클레멘타인은 팔꿈치가 티셔츠에 걸리는 통에 팔을 낑낑대며 흔들어 간신히 티셔츠를 입었다.

"키스할 때 다리가 후들거리게 만든다는 이유만으로 그 사람과 무작정 잘 수는 없는 거잖아."

문틈 사이로 플로리의 격분한 듯한 '아흐!' 하는 소리가 들려왔다. 플로리가 제일 잘 내곤 하는 소리 중 하나였다.

"빨리 좀 입어. 이제 들어가도 돼?"

플로리는 동생의 대답을 기다리지도 않고 문을 확 열어젖히고는 클레멘타인을 쳐다보았다.

"그가 네 다리를 후들거리게 한다고? 그거 심각한 병 아니니? 당뇨병 증상이랑 비슷한데. 병원에 가봐야 하지 않겠어?"

"꺼져."

"자, 어디, 갑자기 다리가 후들거리는 거에 대해 자세히 말 좀 해봐. 그러니까 그 현상이 키스하는 동안 일어난 거야? 아니면 그 뒤에, 그 사람 아버지가 들어와서 네가 술집여자처럼 얼굴 여기 저기 립스틱이 번진 채로 있는 걸 봤을 때 일어난 거야?"

클레멘타인은 누군가를 죽여버리고 싶은 기분과, 괴로워 죽을 것 같은 기분과, 변비에라도 걸린 것 같은 기분을 한꺼번에 느끼고 있었다. 그녀는 차분한 척하며 성큼성큼 언니를 지나 거실로 걸어 나가 소파에 털썩 주저앉고는 멍한 눈으로 라벨 씨가 집 안으로 걸어 들어오던 끔찍한 순간을 회상했다.

"그래, 라벨 씨. 악몽 같았어. 분명 나를 이상한 여자라고 생각할 거야."

"그 사람은 더 끔찍한 것들도 봤을 텐데, 뭐. 프랑스에서는 달팽이도 먹잖아. 그러니…… 뭐, '이상하다'라는 표현은 상대적일 수도 있지."

플로리는 클레멘타인을 따라 소파에 주저앉았다. 그녀는 이미 잠옷을 입고 슬리퍼를 신고 있었다. 그러고는 코코아를 한 모금 마시고 이내 얼굴을 찌푸렸다.

"엑, 벌써 식어버렸잖아. 다 너 때문이야."

클레멘타인은 언니를 향해 눈을 부릅뜨고 말했다.

"그래서, 나한테 코코아를 데워달라는 말이야? 그 김에 언니 침대도 좀 데워놓고 말이지. 아니면 식모 옷으로 갈아입고 집안 먼지라도 털까?"

"그런 말이 아냐. 나는 네 섹스 라이프에 대해 더 듣고 싶어. 내가 당연히 흥미가 생길 수밖에 없잖아. 요즘은 누구도 내게 다가올 가능성이 없으니 말이야. 요전에 그 남자를 빼면 말이지. 슈퍼마켓에서 마주쳤는데 혹시 나를 따라오는 건가 싶어서 바게트로 쫓아버리려고 했던 사람 기억나? 우리랑 같은 건물에 살고 있어서 같은 방향으로 온 것뿐이었는데 말이야. 아, 정말 민망했어. 2층에 이사 온 지 얼마 안 된 사람이었지. 안경을 끼고 다리 한 쪽엔 의족을 낀 덩치가 큰 그 남자 말이야. 너도 본 적 있지? 혹시라도 나중에 그 사람을 마주치게 되면 제발 내 말은 하지 말아 줘."

클레멘타인은 콧방귀를 뀌고는 커다란 쿠션을 끌어안고 몸을 이리저리 흔들며 도미닉에 대한 생각을 떨쳐버리려 애썼다.

아, 도미닉. 도미닉. 도미닉.

젠장, 계속해서 도미닉만 생각하고 있었다!

이미 늦었다. 그냥 그를 생각하는 게 나을 것 같았다.

도미닉.

아, 도미닉.

둘은 더없이 행복한 밤을 함께 보낼 수 있었다. 더없이 행복하고 만족스러운 밤을 보냈을 것이다. 황홀한 밤을 선사해준다는 섹스 용품보다도 훨씬 만족스러운 그런 밤을 말이다. 하지만 이제 그는 프랑스로 돌아가버리고 다시는 보지 못하게 될지도 몰랐다.

도미닉.

적어도 당분간은 그 이름을 잊을 수 없을 것이다.

'울지 않을 거야.'

그녀는 스스로 다짐하며 가까스로 다시 말을 꺼냈지만, 목소리가 갈라지고 불안하게 떨렸다.

"바게트 빵 덩어리로 이웃을 공격하다니 언니답네. 언니는 항상 나를 따라하려고 하잖아."

"그래, 맞아. 남자를 다루는 네 형편없는 실력이 너무나 부러워서 따라한다는 게 그만 바게트로 이웃을 때렸다, 그래."

플로리는 갑자기 몸을 일으켜 앉고는 얼굴을 찌푸렸다.

"잠깐만……. 그러니까 라벨 씨가……. 미안, 난 네가 말한 라벨 씨가 도미닉 라벨을 말하는 건 줄 알았어. 그러니까, 키스할 때 다리를 후들거리게 만드는 또 다른 남자가 있다는 말이야?"

"도미닉의 아버지 말이야."

"아버지?"

플로리가 갑자기 일어나 앉는 바람에 손에 든 코코아가 입고 있던 크림색 잠옷 위로 쏟아졌다.

"젠장!"

플로리는 코코아 잔을 내려놓고 얼룩진 곳을 손으로 한두 번 닦아보다가 이내 포기하고 클레멘타인을 쳐다보았다.

"그 사람 아버지와 키스했다고? 역겨워! 부끄러운 줄 좀 알아. 잠깐만, 너 그 분을 오늘 밤 처음 본 거 아니었어? 진도가 너무 빠른 거 아냐?"

"뭔 소리야! 내 말은, 그 사람 아버지가 장애물이라고. 키스했다는 말이 아니라!"

"아, 그런 거였어?"

플로리는 아직도 완전히 이해한 듯한 표정은 아니었지만, 조금 슬픈 표정을 짓고는 고개를 가로저었다.

"장애물이라. 그래, 알겠다. 그가 너와 도미닉이 같이 자도록 허락하지 않을 거라는 말이구나."

"아버지 앞에서 바보 같은 모습을 보였어. 그게 다야. 정말 굴욕적이었어. 어쨌든, 그 분은 이미 우리가 같이 자는 사이라고 생각하는 것 같아. 그걸 못마땅하게 여기는 게 분명한 얼굴이었어."

클레멘타인은 한숨을 쉬었다.

"분명 엄격한 가톨릭 신자일 거야."

"도미닉이? 아니면 그 아버지가?"

"아버지 말이야. 도미닉은 종교가 없는 것 같아."

"섹스의 신이잖아. 도미닉은 자기를 숭배하는 종교를 가지고 있는 거지."

플로리가 사악하게 씩 웃었다. 클레멘타인은 눈을 감아버렸다.

"도미닉 가지고 장난치지 마, 언니. 안 그러면 바로 자러 들어가 버릴 거야. 그리고 다시는 아무 얘기도 안 해줄 거야."

"미안해."

하지만 그다지 미안해하지 않는 얼굴이었다.

"언니는 그 자리에 없어서 몰라. 만약 거기 있었다면 내가 왜 이렇게 비참한지 이해할 수 있을 거야. 정말, 너무나 끔찍했어. 핸드 백까지 떨어뜨리고 말야. 올해의 멍청이 상 후보에 오를 지도 몰라. 게다가 탐폰 일까지 겹쳐서."

"탐폰?"

"응, 라벨 씨가 집어줬어."

플로리의 눈이 기괴하게 휘둥그레졌다.

"네게 탐폰을 줬다고? 아, 이런, 정말 속이 미식거린다. 탐폰이 다 떨어졌으면 오늘 아침에 나한테 부탁하지 그랬어. 난 네가 오 늘이 그 날인지도 몰랐는데."

"그 날 아니야!"

"그럼 도미닉의 아버지가 네게 탐폰을…… 뭐…… 선물이라도 했다는 거야?"

플로리는 갑자기 헉 하고 숨을 들이키며 눈을 커다랗게 뜬 채로 소파에서 몸을 일으켜 앉았다.

"그러니까, 영화 〈대부〉에서처럼 경고 메시지라도 보낸 건가? 생리 끊기는 일 없이, 절대 우리 아들의 애를 가지지 말라는 그런 경고? 역겨워라!"

클레멘타인은 언니를 차갑게 쏘아보았다.

"라벨 씨 가족은 영화에 나오는 사람들이 아니고 평범한 프랑스인이라고. 언니 정신 나갔네."

플로리가 서운한 표정으로 말했다.

"도대체 무슨 일이 있었던 건지 잘 모르겠어. 네 말대로 나는 그 자리에 없었잖아. 그런데 너는 분명하게 설명해주지도 않고."

"알았어. 앞으로는 간단한 말들을 쓰도록 할게. 이를테면 '닥쳐' 같은 말."

"꿈꾸던 왕자님과 일이 잘 풀리지 않아서 화가 났나 보네."

"그렇게 될 팔자였는지도 모르지. 상관없어."

클레멘타인은 속으로는 그 말을 부정하고 있었다. 하지만 그 행복했던 순간이 고작 몇 분 만에 나락으로 곤두박질쳐버린 것에 얼마나 화가 났는지를 언니가 눈치채지 못하게 하고 싶었다. 그렇지 않으면 도미닉을 사랑하게 된 자기의 마음까지 언니가 알아버릴 테니까. 아직 그런 고백을 공공연히 할 준비가 되지 않았다.

"그렇잖아. 누군가에게 호감을 느낄 때마다 머리 싸매고 앓아누울 필요는 없으니까."

"그래. 그렇게 되면 네 불쌍한 머리만 아플 테니까."

클레멘타인은 속이 부글부글 끓는 것 같았다.

"어쨌든, 그 사람은 내 꿈속의 왕자님이 아니야."

언니는 벌써 몇 년째 클레멘타인의 남자 친구 문제를 두고 이런 식으로 놀려댔던 것이다.

"그럼 꿈속의 왕자님 말고 그냥 프랑스 왕자님이라 해두지, 뭐."

"왕자님은 무슨."

둘은 여느 자매들처럼 서로를 노려보았다. 그때 아래층 출입문과 연결된 인터폰이 울렸다.

거의 자정이 다 된 시간이었다.

"뭐야, 젠장!"

클레멘타인은 이 말을 오늘 벌써 세 번째 내뱉었다. 시간을 확인하니 저절로 인상이 찌푸려졌다.

"이 시간에 도대체 누구야?"

7

멍청이 신기록을 깨다

플로리 역시 클레멘타인처럼 초인종 소리에 깜짝 놀라 벌떡 일어나 앉으며 말했다.

"누군진 모르겠는데 인터폰이 고장 나서 문이 안 열리잖아? 나는 절대 이 잠옷 차림으로 내려가서 문을 열어줄 수 없어."

플로리는 복실복실한 슬리퍼를 신은 채로 발을 소파 위에 다시 올렸다. 그러고는 거만한 표정으로 턱을 내밀며 말했다.

"더군다나 이런 오밤중엔 말이지."

"나도 나갈 만한 차림은 아닌데."

클레멘타인은 커다란 빨간 하트가 그려진 티셔츠와 분홍색 반바지를 내려다보며 말했다. 플로리가 눈썹을 치켜올렸다.

"누가 왔느냐에 달렸지."

초인종 소리가 다시 끈질기게 올렸다. 플로리는 입술을 오므리고 팔짱을 낀 채 말했다.

"도대체 누굴까? 유감이네. 누군지 알 수가 없어서……."

이럴 때 클레멘타인이 언니를 이긴 적은 없었다.

"어휴, 알았어. 내가 나갈게. 하지만 내가 도끼 든 미친 살인마에게 살해당하면 그건 다 언니 탓인 줄 알아."

하지만 퍼붓는 비를 맞으며 현관문 앞에 서 있던 것은 도끼 든 살인마가 아니었다.

도미닉이었다.

정확히 말하자면 백팔십 센티미터의 큰 키에 몸에서 빗물을 뚝뚝 떨어뜨리고 있는, 너무나 멋지고 남성적인 프랑스 남자였다. 우산도 없이 비에 흠뻑 젖은 흰색 셔츠에 청바지를 입고 서 있는 그의 모습은 무척이나 군침이 돌았지만 축축해 보이기도 했다. 클레멘타인은 그를 빤히 쳐다보았다.

"도미닉?"

그는 강아지처럼 젖은 머리를 뒤로 털어댔다.

"미안해요, 클레멘타인."

그가 허스키한 목소리로 말했다.

"당신을 만나야만 했어요. 들어가도 될까요?"

"세상에."

클레멘타인은 그를 안으로 잡아끌었다. 그의 몸에서 물이 뚝뚝 떨어져 현관 매트를 적셨다.

"비가 이렇게 억수같이 퍼붓는데! 우산이나 재킷 같은 거라도 없었어요? 이런 끔찍한 날씨에 도대체 뭐 하고 있는 거예요?"

그녀는 문을 닫고 위층으로 올라가도록 손짓했다.

"어서요, 우린 제일 위층에 살아요. 지금 몇 시인지는 알아요?"

"늦은 시간이죠."

그는 계단을 한 번에 두 칸씩 올라가며 말했다. 계단마다 그의 젖은 발자국이 남겨졌다.

"그런데, '억수같이'가 무슨 말이죠?"

"비가 많이 온다는 표현이에요."

"아, 위(그렇군요). 비앙(알았어요)."

그는 반쯤 열린 클레멘타인의 집 문 앞에서 잠시 주춤했다. 그녀가 고개를 끄덕이자 도미닉은 어깨로 살짝 문을 밀고 들어갔다.

"영어 표현이군요."

클레멘타인은 여전히 얼떨떨한 채로 그의 뒤를 따라 들어갔다. 도미닉은 흠뻑 젖은 차림으로도 너무나 멋져서 그녀의 마음이 이리저리 요동쳤다. 그를 다시 볼 수 있어 기쁜 것인지 아닌지 알 수가 없었다. 도대체 무슨 일일까?

플로리가 믿을 수 없다는 듯한 표정으로 도미닉을 쳐다보며 자리에서 일어났다.

"안녕하세요."

그녀는 갑자기 수줍은 목소리로 말했다.

"당신은 분명⋯⋯."

도미닉은 젖은 손을 내밀어 악수를 청했다.

"도미닉 라벨입니다."

클레멘타인이 소개를 하기도 전에 그가 자연스럽게 자신을 소개했다.

"당신이 플로렌스군요."

그의 입에서 멋진 프랑스 악센트로 '플로롱세'라는 이름이 나오자 플로리의 입이 살짝 벌어져 침 한 방울이 또르르 떨어져 내렸다.

"클레멘타인에게서 언니 이야기를 많이 들었습니다."

그렇다, 사실 침은 떨어지지 않았다. 그의 멋진 모습에 언니 입이 떡 벌어져 있긴 했지만, 어쩐지 언니 입에서 침이 떨어지고 있다고 상상하는 편이 기분이 더 좋았다. 언니 플로리는, 아니 '플로롱세'는, 몇 년 동안이나 클레멘타인의 남자 취향을 두고 놀려댔지만 이제는 그에 대한 벌을 받을 차례였다. 사실 실제로 언니가 벌을 받는 건 아니지만 상상만으로도 좋았다.

플로리가 더듬더듬 말했다.

"크⋯⋯ 클레멘타인이 제 이야기를 했어요?"

클레멘타인 역시 기억을 짜내려 입술을 깨물며 말했다.

"내가 그랬나요?"

음, 언니에 대해 무슨 말을 했던가? 지난번 저녁 식사를 먹으며 데이트할 때 와인을 마시고는 술김에 이야기를 했던가? 아니면 술을 넣은 맛있는 초콜릿을 잔뜩 먹고는 조심성 없이 언니 이야기를 했던가?

"다 좋은 이야기뿐이었어요."

도미닉이 안심시키듯 말하며 플로리를 향해 천천히 입가에 미소를 지어 보였다. 그 모습은 또 다시 클레멘타인을 설레게 만들었다.

"이렇게 쳐들어와서 죄송합니다. 하지만 좀 다급한 일이라서요. 개인적인 일이기도 하고요."

"아, 네, 그러니까 제가……"

그렇게 말하면서도 플로리는 자리를 뜰 생각이 없는 듯 했다. 그저 도미닉에게 멍한 미소를 지은 채 서 있어서 클레멘타인이 언니의 말을 대신 마무리해야만 했다.

"자리를 비켜줘야겠지? 응, 그렇게 해줘야 할 것 같아, 언니."

언니에게 경고의 눈빛을 보냈다.

"무척 늦은 시간인데 번거롭게 해서 죄송합니다."

도미닉은 손가락으로 젖은 머리를 매만졌고, 그 모습은 작은 방 안을 가득 채울 만큼 멋있었다. 그는 클레멘타인이 입은 티셔츠

위의 커다란 하트 모양을 쳐다보고는 곧 눈길을 그녀의 분홍색 반바지로 옮겼다.

"샤르망트(매력적이네요)."

그의 목소리에 살짝 즐거운 기운이 감돌았다. 플로리는 도미닉이 서 있는 카펫에 물 자국이 번지는 것을 보고는 재빨리 말했다.

"번거롭긴요, 아니에요. 수건을 먼저 좀 가져다드려야겠네요."

"메르시(고맙습니다)."

클레멘타인은 둘의 대화에 짜증이 났다.

"더 좋은 생각이 있어."

그녀는 도미닉을 자신의 침실로 끌어당겼다.

"이리 와요. 여기 쓸 수 있는 수건이 있어요."

플로리의 눈이 휘둥그레졌다. 클레멘타인을 당황시킬 말을 하기도 전에 동생은 도미닉을 방 안으로 밀어 넣고 문을 닫아버렸던 것이다.

마침내 단 둘이 되었다.

그것도 그녀의 침실에서.

침대 위 이불은 엉망진창으로 구겨져 있었다. 아침에 엄청나게 서두른 나머지 이불을 제대로 정리해둘 시간조차 없었던 것이다. 도미닉의 바로 뒤편 바닥에는 커다랗고 복실복실한 파란 고래 인형이 뒹굴고 있었다. 삑삑이가 들어 있는 인형이었다.

도미닉은 야수와도 같은 섹시한 미소를 지었다.

"클레멘타인……."

"잠깐만요, 움직이지 말아요!"

도미닉의 한쪽 눈썹이 치켜올라갔다.

"뭐라고요?"

그는 클레멘타인이 인형을 주우려 뒤쪽으로 허리를 굽히는 순간, 한 걸음 뒤로 내딛고 말았다. 그 바람에 발로 고래 인형을 밟아버렸고 인형에서 '삑!' 하는 큰 소리가 났다.

삑 소리에 얼굴을 찌푸리고 몸을 돌리다가 도미닉은 그만 균형을 잃고 넘어졌다.

"안 돼!"

클레멘타인이 그를 잡으려 했지만, 침실 바닥에 그와 함께 넘어지고 말았다. 클레멘타인의 몸이 그의 몸 위로 겹쳐진 채 둘의 팔다리가 이리저리 엉켜버렸다. 매혹적인 얽힘이었다. 둘의 시선이 서로에게 고정되었다.

"클레멘타인."

도미닉은 허스키한 목소리로 그녀의 이름을 되풀이해 부르고 그녀의 머리칼 속으로 손가락을 넣어 얼굴을 끌어당겼다.

둘의 입술이 마주쳤고, 클레멘타인은 떨리는 기쁨에 한숨을 내뱉었다. 도미닉의 가슴은 비에 흠뻑 젖어 있었고 청바지 역시 축축

했다. 이상한 느낌이었다. 키스를 하며 그녀는 대담한 손길로 도미닉의 셔츠 단추를 풀기 시작했다. 그는 팔을 뻗어 그녀의 허리를 감싸며 세게 끌어안고 입술을 탐했다. 그러고 나서 그녀는 모든 것을 잊어버렸다. 심지어 언니가 문에 한쪽 귀를 댄 채 엿듣고 있을 거라는 사실까지도. 그의 키스는 클레멘타인을 절망적인 동화가 아닌, 멋진 쇼콜라티에와의 로맨스 가득한 세계로 이끌었다.

오랫동안 침실에는 깊고 만족스러운 정적만이 가득했다.

잠시 후 도미닉은 몸을 틀어 클레멘타인을 바닥에 눕혔다. 그 바람에 밑에 깔려 있던 고래 인형이 다시 삑 소리를 냈다.

"아버지가 나와 함께 프랑스로 돌아가길 바라세요."

그가 담담히 말을 이었다.

"최후통첩을 하신 거죠. 프랑스로 돌아가 아버지가 은퇴하실 수 있도록 아버지의 매장들을 대신 운영하지 않으면 내 이름을 유언장에서 빼버리겠다고 하시더군요."

"아, 도미닉. 정말 안타깝네요."

클레멘타인은 자기도 안됐다는 생각과 함께 엄청나게 당황했다. 그의 말에 소용돌이치는 자신의 감정에 깜짝 놀랐다. 고작 얼마 전까지만 해도 그녀는 도미닉의 이름과 그가 풍기는 매력밖에는 아는 것이 없었다. 하지만 지금 그는 자신의 삶에 없어서는 안 되는 사람이 되어버렸다.

클레멘타인은 그의 눈을 응시하며 입술을 깨물었다.

"언제 떠나요? 곧바로는 아니었으면 좋겠네요."

도미닉은 매력적인 미소를 지어 그녀를 어지럽게 만들었다.

"이해를 못 한건가요?"

그가 나지막이 속삭이며 그녀의 입술을 손가락으로 매만졌다.

"나는 안 떠나요."

"뭐라고요?"

"아버지에게…… 그걸 뭐라고 하죠? 아, 단념하시라고 했어요. 여기, 런던에서 내 매장을 꾸리며 살아가겠다고요."

그는 염려가 가득 담긴 짙고 강렬한 눈빛으로 그녀를 바라보았다.

"당신의 도움을 받아서 가게를 꾸려나가겠다고요. 당신이 기꺼이 도와준다면 말이죠."

"'제가 기꺼이 도와준다면'이라고요?"

침착해, 클레멘타인…….

그녀는 가능성을 타진해보는 척을 했다.

"좋아요. 위(좋아요). 안 될 거 뭐 있어요? 그다지 할 일도 없는 걸요. 지금 당장은요."

"평생은 어때요?"

클레멘타인은 그 말에 놀라 그의 눈을 빤히 쳐다보았다. 방금 그 말이 진심일까?

"뭐…… 뭐라고 했어요?"

도미닉은 알 듯 말 듯한 미소를 지으며 다시 키스했다. 온 신경이 키스로 곤두섰다.

"아무것도 아니에요. 리엥(아무것도)."

그 이후로는 그 말이 무슨 뜻이었는지 물을 시간이 없었다. 그는 클레멘타인의 목에 키스한 뒤 티셔츠를 벗겨 가슴골 사이에 입을 맞추며 허리를 세게 끌어안았다. 그녀는 더 이상 아무런 생각을 할 수가 없었다. 둘은 옷 위로, 다시 옷 속으로 서로의 몸을 어루만지며 오랫동안 탐닉했다. 그러고는 하나씩 하나씩 천천히 서로의 옷을 벗겼다. 그녀는 온몸의 뼈가 녹아내릴 것처럼 잔뜩 상기된 얼굴로 카펫 위에 누워 있었다. 그때 도미닉이 갑자기 끙 하는 소리를 내며 그녀를 안아 올려 엉망진창인 침대 위로 눕혔다.

그녀를 잔뜩 구겨진 침대 시트 위로 눕히자 위에 있던 인형들이 눌려 삑삑 소리를 냈다. 클레멘타인이 웃음을 터뜨렸지만, 그의 강렬하고 욕망으로 가득한 얼굴을 보고는 이내 다시 진지해졌다.

"셰리(자기)."

몸을 굽혀 그녀의 배에 입을 맞추며 그가 속삭였다.

"당신은 정말 델리시오즈(달콤해요). 정말 좋은 초콜릿처럼……."

"아, 도미닉."

클레멘타인은 쾌감에 몸을 뒤틀었다. 도미닉은 싱긋 웃고는 깊고 진한 키스를 퍼부었다. 사각 팬티만 입은 그의 몸이 클레멘타인의 몸 위로 겹쳐져 있어서, 잔뜩 성이 나 있는 그의 물건이 배를 누르고 있는 것을 느낄 수 있었다.

어머, 세상에!

"저는…… 잠깐……."

도미닉은 그녀를 안심시키려는 듯 미소를 지었다.

"내가 가져왔어요."

그는 청바지를 집어 들고는 뒷주머니에서 콘돔을 하나 꺼냈다. 클레멘타인은 첫 방문에 함께 잔다는 생각을 한 그 자신감을 뭐라고 해야 할지, 아니면 그의 선견지명을 칭찬해야 할지 알 수가 없었다.

다만 할 수 있는 말이라고는 "아하" 뿐이었다. 그가 흰색 팬티를 벗어 방 한쪽으로 집어 던지자 그녀는 더 이상 아무런 생각도 할 수 없었다.

그는 실오라기 하나 걸치지 않은 우아하고 자신감 넘치는 모습으로 몸을 돌려 그녀를 바라보았다. 클레멘타인의 입이 떡하고 벌어졌다.

"이런 세상에."

다음 날 아침은 마치 꿈만 같았다. 창으로 들어오는 햇살에 클레멘타인이 눈을 떴을 때, 도미닉은 이미 일어나 있었다. 그는 좁디좁은 침대 위 그녀 곁에서 옷 하나 걸치지 않고 몸을 잔뜩 웅크린 채로 또다시 욕망이 가득한 눈으로 그녀를 바라보고 있었다. 마치 꿈처럼, 그 이후로 한 시간 반이나 지난 후에야 클레멘타인은 비로소 잠옷을 차려입고 침실을 나올 수 있었다. 주방 주전자에 메모가 하나 붙어 있었다.

'드디어 소원 성취했네, 클레멘타인! 도미닉에게 변기 시트는 꼭 내려놓으라고 해줘. 이따 길게 이야기하자. 언니가.'

얼굴이 붉어진 클레멘타인은 도미닉이 알아차리기 전에 메모를 떼어버리고는 화가 나 씩씩거리며 주전자에 물을 채웠다. 언니는 방 밖에서 어젯밤 일을 모두 들은 것이 분명했다.

민망하게!

잠시 후, 샤워를 마친 도미닉이 물에 젖은 머리를 뒤로 쓸어 넘기고 허리에 수건을 두른 채로 욕실을 나왔다. 너무나 군침이 도는 모습이었다.

그를 바라보며, 클레멘타인은 자신에게 생긴 이 행운을 믿을 수가 없었다.

도미닉이 볼에 입을 맞췄다.

"섹시하면서도 뭔가 생각이 많아 보이네요."

그가 유쾌하게 말했다.

"내가 해줄 수 있는 게 있나요?"

클레멘타인은 입술을 깨물고, 그의 도발적인 눈을 바라보았다. 지난밤 그가 다섯 번이나 '해줬던' 것이 기억났지만, 아침에 여섯 번째 시간을 즐길 수 있을 거라고는 상상도 하지 못했다.

하지만 아주 짧은 섹스라면 괜찮을지도…….

무엇보다도 꿈만 같은 순간은 클레멘타인이 도미닉과 함께 가게로 출근하는 일이었다. 하지만 가게에 도착했을 땐 이미 와 있던 레이첼이 가게 밖에서 어리벙벙한 얼굴로 유리를 두드리고 있었다. 도미닉은 그녀 뒤에 서서 청바지 주머니에서 열쇠를 꺼내들고 가볍게 헛기침을 했다.

"봉주르(좋은 아침이에요), 레이첼."

레이첼은 놀라 뒤돌아보았다.

"도미닉?"

그녀는 이내 도미닉 뒤에 서 있는 클레멘타인을 알아보았다. 클레멘타인은 얼굴이 붉게 달아오른 채 마치 둘이 함께 아침 산책이라도 나온 것인 양 순진한 표정을 지으려 애썼다. 함께 뜨거운 밤을 보낸 것처럼 보이지 않기 위해서.

레이첼은 도미닉의 축축하고 잔뜩 구겨진 옷과 클레멘타인의 상기된 뺨을 보고는 눈이 휘둥그레졌다. 그리고는 둘 사이에 무슨 일이 있었는지 깨달았다.

"세. 상. 에."

도미닉은 레이첼에게 짓궂은 미소를 보내며 가게 문을 열고는, 그녀를 위해 문을 잡아주었다.

"먼저 들어가요, 레이첼. 일해야죠."

"그래요, 돔. 아니, 라벨 씨."

레이첼은 당황하여 말을 더듬었다. 레이첼이 가게 안으로 들어가자 도미닉이 클레멘타인을 향해 몸을 돌렸다. 그의 얼굴에서 미소가 옅어졌다.

"가서 아버지가 어떠신지 한번 봐야겠어요. 밤새 집에 혼자 계셨으니 지금쯤 내가 사과하기를 기다리고 계실 거예요."

클레멘타인은 생각에 잠긴 눈길로 그를 바라보았다.

"사과드릴 거예요?"

"아버지의 기대를 깬 것에 대해서는 사과하려고요. 하지만 사실을 말한 것에 대해서는 사과하지 않을 거예요. 난 프랑스로 돌아가지 않을 거고, 그게 끝이에요. 더 이상은 날 협박해서 아버지가 원하는 대로 하게 두진 않을 거예요. 그런 시절은 이미 지났어요."

"그래요, 잘 생각했어요."

도미닉은 미소를 짓고 클레멘타인에게 진한 키스를 했다. 그녀의 발가락이 구두 안에서 꿈틀거렸다.

"아버지와 십 분만 이야기 나누고 주방으로 돌아올게요. 당신은 커피를 내리고 난 초콜릿을 만들도록 하죠."

"좋은 계획이네요."

도미닉은 그녀의 허리에 팔을 둘러 가까이 끌어당기며 더욱 다정하게 키스했다.

"음……."

그는 입을 맞춘 채 나지막이 속삭였다.

"할 수 있다면 오늘 그냥 하루 쉬고 바로 침대로 가고 싶네요. 당신은 정말이지 너무나…… 탐이 나요."

"그러면 정말로 가게 문을 닫게 되는 수가 있어요."

클레멘타인이 신랄하게 말했다. 도미닉이 씩 하고 웃어 보였다.

"비앙(좋아요). 그럼 낮에 주방에서 일하는 대신 즐거운 저녁 시간을 고대하도록 하지요. 고약한 정부(情夫)가 된 당신 모습이 그려지네요."

클레멘타인은 레이첼이 그를 '돔'이라고 부른 것을 기억해내곤, 그 호칭이 그에게 잘 어울린다고 생각했다. 그녀는 살짝 수줍은 듯 말했다.

"'돔'의 정부라. 듣기 좋네요."

그는 머리를 젖히며 웃음을 터뜨렸다.

"디 미뉘트, 셰리(십 분만요, 자기). 아홉 시에 문을 열 수 있도록 제시간에 돌아올게요. 다코르(좋아요)?"

167

"위, 다코르(네, 좋아요)."

그녀도 프랑스어로 답했다. 도미닉은 감탄 섞인 미소를 보냈다.

"발음 좋네요. 당신은 정말 솜씨 좋은 혀를 가지고 있어요."

그는 장난기 어린 웃음이 가득한 눈길로 그녀를 바라보았고, 그녀는 얼굴이 확 달아올랐다.

클레멘타인은 오전 시간에 여느 때보다 더 열심히 일했다. 마주치는 고객들에게 환하게 미소 지으며 응대를 했고, 재고를 파악하고 다시 채워 넣고, 문가의 유리 진열장에 새로 만든 초콜릿을 채워 넣으려 주방을 바삐 왔다 갔다 했다. 강렬하게 살아 숨 쉬는 기분이 들었다. 주방에서 도미닉의 낮은 목소리와 웃음소리가 들려올 때마다 심장이 빠르게 고동쳤다. 서로 따뜻하게 껴안은 채 몇 시간이고 떨어지지 않았던 때를 생각하며, 그녀는 자신이 사랑에 빠졌다고 생각했다.

이런 게 사랑이지.

마음속에서 휘몰아치는 환희와 동요에 어안이 벙벙해졌다. 마약에 취하면 이런 기분이리라. 다시 십 대가 된 기분이었다. 그녀는 흥분에 들뜬 나머지 한 가지 일에 집중할 수가 없었고, 계속해서 귀로 그의 목소리를 좇았다. 사실 그녀는 실제로 자신이 허공에 둥둥 떠다니는 게 아닌지 수시로 확인해야 했다. 발걸음이 너무나 가벼웠던 것이다!

정오가 되기 직전, 전날 가게에 들렀던 노부인이 가게 안으로 들어왔다. 그녀를 본 순간 클레멘타인은 심한 죄책감을 느꼈다. 도미닉과 함께 보낸 하룻밤의 흥분에 휩싸여 있느라 노부인이 체리 밤을 주문했던 사실을 까마득히 잊고 있었던 것이다. 노부인이 약속에 맞춰 가게에 왔는데 진열장에는 체리 밤의 흔적조차 찾아볼 수가 없었다.

"안녕하세요."

클레멘타인은 애써 환하게 웃으며 인사를 건넸다.

'불쌍한 분이야. 남편을 잃은 지 얼마 되지도 않았지. 정말이지 끔찍한 기분일 거야.'

"체리 밤을 주문하셨죠?"

"맞아요."

노부인이 미소를 지으며 답했다.

"준비가 되었는지 가서 볼게요."

"고마워요."

클레멘타인이 가게 뒤편으로 가려고 몸을 돌리는 순간, 도미닉이 작은 상자를 들고 카운터 쪽으로 성큼성큼 걸어왔다. 상자는 화려한 체리 핑크색의 크레이프 천으로 포장되어 커다란 리본이 위에 묶여 있었다. 상자 위에는 체리 밤 하나가 장식되어 있었다.

클레멘타인이 무슨 말을 꺼내기도 전에 그는 노부인에게 다가와서 따뜻하게 미소를 지으며 말했다. 그는 늘 그렇듯 매력 넘치면서도 예의 바르게 고개를 숙여 인사를 했다.

"손님. 도착하실 때에 맞춰서 카운터에 가져다 두지 못해서 죄송합니다. 오래 기다리시지 않았기를 바랍니다."

그가 뿜어내는 믿을 수 없는 매력에 노부인은 하마터면 지팡이를 떨어뜨릴 뻔했다. 그녀는 당황하여 알아들을 수 없는 말을 몇 마디 중얼거렸다. 클레멘타인은 노부인이 떨어뜨릴 뻔한 지팡이를 바로 잡아 건네주었다. 그의 미소에 다리가 후들거리는 것이 자신뿐만이 아니라는 사실에 무척이나 기뻤다.

"주문하신 초콜릿이 이거 맞으시죠?"

그는 상자 위에 놓인 체리 밤을 노부인에게 건넸다. 노부인은 초콜릿을 받아 조심스레 한 입 깨물었다. 잠시 침묵이 흘렀다. 그녀는 고개를 끄덕이며 얼굴 가득 미소를 지었다.

"맞아요. 정말 고마워요. 이게 바로 우리 남편이 가장 좋아했던 초콜릿이라우."

그녀는 도미닉이 내민 상자를 받아 들고 눈물이 가득 고인 눈으로 상자를 살펴보았다.

"젊은 양반이 애써줘서 어니가 정말 감동했을 게요……. 이 초콜릿을 만드느라 힘들었을 텐데."

"아주 특별한 초콜릿이니까요."

그가 부드럽게 말했다.

"고마워요."

노부인이 훌쩍이기 시작했다. 도미닉은 진열장 위의 휴지 상자로 손을 뻗어 휴지를 한 움큼 뽑아 노부인에게 건넸다.

"천만의 말씀이에요, 부인."

클레멘타인은 노부인이 우는 것을 모르는 척하며 카운터 뒤로 걸어갔다. 그녀는 가슴이 찢어지는 듯 아파 노부인을 위로했다.

"아니에요. 저희가 해드릴 수 있는 건 이게 전부인 걸요. 남편분을 잃으셔서 마음이 아파요."

노부인은 진심으로 감동을 받아, 지팡이에 엉거주춤 기댄 채로 코를 풀었다.

"정말 너무 고마워요."

그녀는 흰 휴지 뭉치를 얼굴에 댄 채 가까스로 말을 꺼냈다.

도미닉은 셔츠 소매를 둘둘 걷고 흑백 줄무늬 앞치마를 입은 매력적인 모습으로 카운터 뒤에서 의자를 꺼내 들고 말했다.

"부인, 잠시 앉으시겠어요?"

"아, 고마워요."

노부인은 작은 소리로 말하고는 의자에 앉으며 도미닉을 쳐다보았다. 그녀의 뺨이 살짝 붉어졌다.

"메르시(고마워요), 무슈."

"아, 부 파를레 프랑세(아, 프랑스어를 하시는군요)!"

"실루망 엉 뿌(그냥 조금만요)."

그는 전형적인 프랑스인들이 하듯 어깨를 으쓱해 보였다. 그 모습이 너무나 섹시해서 클레멘타인은 가슴이 두근거렸다. 이 사람이 내 남자라니!

"메 세 파르페, 마담(하지만 완벽한데요, 부인). 파르페(완벽해요)."

노부인은 갑자기 십 대 소녀라도 된 듯 킥킥대며 도미닉의 팔에 손을 얹었다.

"메르시, 무슈(고마워요). 메르시 보꾸(정말 고마워요)."

클레멘타인은 자리에 앉았다가 노부인의 핸드백이 바닥에 떨어진 것을 보았다.

"잠시만요."

그녀는 가방을 줍기 위해 카운터 앞으로 돌아 나갔다.

"가방을 떨어뜨리셨어요……. 어머나!"

떨어진 핸드백은 활짝 열려 있었고 그 안에서 똑같은 메시지가 인쇄되어 있는 전단지 여러 장이 바닥에 쏟아져 나와 있었다. 전단지에는 믿을 수 없는 내용이 적혀 있었다.

보상금 300파운드

잃어버린 페르시안 고양이 미스티를 찾습니다.

발견하신 분은 이 번호로 전화 주세요.

전단지 위에는 전화번호가 쓰어 있었고, 고양이를 어디에서 마지막으로 목격했는지가 상세히 적혀 있었다. 설명 아래에는 고양이의 흑백사진이 자그마하게 인쇄되어 있었다. 클레멘타인은 얼떨떨한 상태로 전단지를 노부인에게 건네주었다. 비록 사진 화질은 거칠고 조잡했지만 그 고양이가 누구인지 확신할 수 있었다.

"금…… 금방 돌아올게요."

그녀는 말을 더듬으며 매장 안으로 뛰어 들어가 도미닉의 집으로 달려 올라갔다.

물론 도미닉의 아버지에 대해서는 까마득히 잊고 있었다. 마음 한편에는, 도미닉이 그의 최후통첩을 거절했으니 지금쯤 라벨 씨가 프랑스로 돌아갔기를 바라고 있었다. 하지만 라벨 씨는 여전히 위층에 머물러 있는 상태였다. 클레멘타인이 문을 젖히고 들어갔을 때, 라벨 씨는 마룻바닥에 얼굴을 묻은 채 엎어져 있었다.

"어머 세상에!"

그녀는 소리를 지르며 라벨 씨 옆으로 달려가 무릎을 꿇었다.

"라벨 씨, 무슨 일이에요? 어디 편찮으세요?"

그는 사각 팬티와 흰색 러닝셔츠만을 걸친 채 시뻘건 얼굴을 하고 이마에서 땀을 비 오듯 흘리고 있었다. 그는 그녀에게 저리 가라는 듯 손을 내저었다. 거친 숨을 몰아쉬느라 말 한 마디 할 수 없어 보였다.

"몸이 안 좋아 보이세요……. 열도 심하시고요. 아, 이런, 숨도 거의 못 쉬시네요. 심장마비인가 봐요!"

라벨 씨는 숨을 헐떡대며 눈을 휘둥그레 뜬 채 그녀를 올려다 보았다.

라벨 씨에게는 이제 시간이 얼마 남지 않았을지도 모른다. 심장 마비라니! 게다가 딱 봐도 무척 심각한 증상이었다. 그가 그녀 눈 앞에서 죽어가는 것일까?

클레멘타인은 벌떡 일어나 학교에서 배운 응급처치법을 기억 해내려 애썼다. 시간이 관건이다.

그녀는 위층에 올라온 용건은 잊은 채 전화기로 달려갔다.

"걱정 마세요, 라벨 씨."

그녀는 손에 익지 않은 전화기를 들고 당황하며 주절거렸다. 머리가 빙빙 돌았다.

"잠깐만 기다리시면……."

먼저 구급 요청 전화를 건 뒤, 도미닉을 불러와서 아버지 곁을 지키고 있으라고 해야 했다.

'아, 불쌍한 도미닉! 그는 자기 탓이라 생각하겠지. 그가 제안을 거절하는 바람에 그 스트레스로 라벨 씨에게 심장마비가 온 것임에 틀림없어. 게다가 노부인이 아래에서 기다리고 있는데.'

그녀가 서둘러 말했다.

"프랑스의 응급 서비스는 어떤지 모르지만 영국의 의료 체계는 훌륭해요. 구급차가 금방 올 거예요. 음, 적어도 삼십 분 안에는요. 아니, 한 시간이 될 수도 있긴 해요. 그들이 얼마나 바쁜지에 달렸죠. 게다가 이런 서비스는 다 무료예요. 병원 주차료가 어마어마하긴 하지만요. 하지만 걱정 안 하셔도 돼요. 병실 침대는 아주 편안할 거예요. 병원에 도착할 때 빈 병실이 있기만 하다면 말이죠……."

손이 바들바들 떨려서 응급번호 999를 손가락으로 내려치듯 눌러야만 했다. 전화가 걸리는 소리가 들렸다.

라벨 씨는 헐떡이며 프랑스어로 무언가를 중얼거리며 이마를 바닥에 찧고 있었다. 그녀가 알아들을 수 있는 말이라곤 "엉(하나)…… 뚜(둘)……"뿐이었다.

"라벨 씨, 그렇게 막 움직이지 마세요. 등을 대고 누워서 가만히 계세요. 그렇게 몸을 위아래로 움직여대시면 다치세요. 아, 됐다. 네, 구급차요."

그녀는 전화를 받은 상대에게 서둘러 말했다.

"여기 구급차를 바로 보내주세요!"

"심장…… 마비가…… 아니에요, 마드모아젤!"

라벨 씨가 여전히 숨이 찬 목소리로 말했다. 그는 고통스러운 심장마비를 겪는 사람이라고 보기에는 이상할 만큼 활기차게 팔을 흔들며 말했다.

"그냥…… 팔굽혀펴기를 하고 있는 것뿐이오!"

팔굽혀펴기라고?

전화기 반대편에서 목소리가 들려왔다.

"성함과 주소를 좀 알려주시겠어요?"

이런 젠장.

"아, 정말 죄송해요."

클레멘타인이 주저하며 말했다. 그녀는 라벨 씨를 쳐다보았다. 그제야 그가 가쁜 숨을 내쉬며 몸을 들었다 났다 한 것이 무엇인지 이해가 된 것이다. 그녀는 전화기에 대고 말했다.

"죄송해요. 심장마비가 아닌 것 같네요."

"그럼 구급차가 필요 없으신가요?"

"번거롭게 해서 정말 너무너무 죄송합니다."

클레멘타인은 라벨 씨보다 더 빨개진 얼굴로 다시 한번 사과하고는 상황을 설명하고 어색한 침묵 속에 전화를 끊었다.

"비앙, 세 피니(좋아, 끝났네)."

라벨 씨는 팔굽혀펴기를 끝내고는 무릎을 꿇고 앉아 손을 허리에 올린 채 클레멘타인을 쏘아보았다. 그는 아직도 조금 숨이 가쁘지만 매우 차분한 목소리로 말했다.

"항상 이런 식으로 행동하나요, 마드모아젤? 그렇다면 내 아들이 불쌍하군요. 아들 말로는 당신과…… 그러니까 당신과……."

"사귄다고요?"

클레멘타인은 대신 말을 마무리하고는 라벨 씨의 눈썹이 치켜 올라가는 것을 보고 살짝 얼굴을 찌푸렸다.

"맞아요, 저희 사귀고 있어요. 그리고 도미닉은 라벨 씨와 함께 프랑스로 돌아가지 않을 거고요. 여기 남아서 저와 함께 가게를 운영할 거예요."

그녀는 조금 도전적으로 말했다.

어느새 도미닉이 현관에 와 있었다. 그는 선 채로 둘을 바라보며 인상을 찡그리고 있었다. 아버지가 속옷 차림으로 붉게 상기된 얼굴을 하고 있으니 무척 이상해 보였을 것이었다. 도미닉의 눈길이 클레멘타인에게서 아버지로 향했다. 라벨 씨는 수건으로 얼굴의 땀을 닦으며 숨을 고르고 있었다.

"별 일 없나요, 클레멘타인?"

"네, 아무 일도 없어요."

클레멘타인은 밝게 답하고는 전화기를 뒤로 툭 던져버렸다. 하지만 전화기는 소파를 넘어 '첨벙!' 하는 소리를 내며 어항 속으로 빠져버렸다.

클레멘타인은 뒤돌아보고는 놀란 나머지 자리에 못 박힌 듯 굳어버렸다.

'이런. 미안, 미란다.'

도미닉은 금붕어 미란다 옆 자갈 바닥에 가라앉은 전화기를 바라보고는, 다시 클레멘타인을 쳐다보았다.

둘의 눈길이 마주쳤다. 클레멘타인은 어쩔 줄 몰라 미안해하는 표정을 지었다. 일자로 굳게 다문 도미닉의 입이 움찔하더니 곧 웃음이 터져 나왔다.

"클레멘타인, 당신은 정말 구제불능이에요!"

"그런 것 같아요."

그녀는 기어들어가는 목소리로 말하고는 고개를 푹 숙였다.

"하지만 어쩔 수 없는걸요. 잘해보려고 할 때마다 일이 꼬여요. 미안해요."

"난 그 점이 좋아요."

허스키한 목소리로 도미닉이 말했다. 그는 성큼성큼 걸어와 그녀의 손을 잡았다.

"쥬뗌므(사랑해요), 클레멘타인, 쥬뗌므(사랑해요)."

"몽 듀(세상에)!"

라벨 씨가 얼굴을 찌푸리며 외쳤다. 도미닉이 말을 이었다.

"조금은 갑작스럽고 예상치 못한 말이겠지만, 클레멘타인, 난 당신이 여기서 나와 같이 살면서 가게 운영을 도와주며 내 동반자가 되어주었으면 해요."

도미닉은 아버지가 프랑스어로 무언가 말하는 것을 무시하며 강렬한 눈빛으로 그녀를 바라보았다.

"모든 것을 함께하는 동반자 말예요."

라벨 씨는 으르렁거리듯 프랑스어로 '두쉬(샤워)' 어쩌고 하는 말을 중얼거리고는, 쿵쿵대는 발걸음으로 자리를 박차고 나갔다. 어쩌면 '샤워'라는 뜻의 '두쉬'가 아니라, '얼간이'라는 뜻의 '두쉬'를 말하는 것일지도 몰랐다. 어느 쪽인지 모르지만 이제는 아무 상관없었다.

"하지만…… 우리는 아직 서로 잘 알지도 못하잖아요!"

도미닉은 그녀 쪽으로 몸을 기울여 목덜미에 입을 맞추고는 귀에 속삭였다.

"그렇지만은 않은 것 같은데요. 어젯밤 일도 있고. 우린 이미 연인 사이잖아요. 이젠 동반자가 되면 어때요? 아니면, 뭐가 되었든 당신이 원하는 관계로요. '위(그래요)'라고 말해요, 그럼 된 거예요. 도망가지 말아요. 그러면 내가 견딜 수 없을 거예요."

그는 지난 기억에 마음이 아픈 듯 얼굴을 찌푸리며 눈을 감았다.

"예전에는 성공하려 애쓰느라 너무 바쁜 나머지 행복해질 수 있는 기회를 모두 놓쳤어요. 하지만 지금은 내가 얼마나 운 좋은 사람인지 알아요."

"그래요, 좋아요! 위(그래요), 위(그래요)!"

클레멘타인은 서둘러 답하고는 자신의 말에 웃음을 터뜨렸다.

"이런, 웃으려던 건 아니고, 그러니까 내 말은⋯⋯."

그녀는 도미닉을 바라보다가 갑자기 중요한 일을 떠올렸다.

"아, 이런! 미스티를 완전히 잊고 있었네!"

그녀의 뜬금없는 말에 그의 눈썹이 움찔했다. 그는 어리둥절해서 프랑스어 악센트를 섞어 말했다.

"미스티라고요?"

그녀는 빠르게 고개를 끄덕였다.

"네, 노부인은 아직 아래에 계시나요?"

"위, 주 크로아(네, 그런 것 같아요)."

"아, 다행이다. 난 완전 바보예요."

클레멘타인은 창가로 달려가서 블라인드를 올렸다. 다행히도 고양이는 그곳에서 따뜻한 햇볕을 받으며 잠들어 있었다.

멋진 페르시안 고양이는 낮잠 시간에 방해를 받아 도미닉처럼 어리둥절한 얼굴로 천천히 고개를 들고는 야옹 하고 울었다.

"이리 오렴, 미스티."

그녀는 행복한 목소리로 부드럽고 따뜻한 고양이 몸을 들어 올려 품 안에 안았다.

"일광욕을 방해해서 미안하지만, 엄마가 아래에서 기다리고 계신단다……. 엄마가 널 사방으로 찾고 계셨어!"

가게에서는 노부인이 가방 안에 초콜릿 상자를 넣은 채 지팡이를 짚고 천천히 문을 향해 가고 있었다.

클레멘타인이 노부인을 불렀다.

"잠시만요, 기다리세요!"

노부인은 지친 얼굴로 얼굴을 살짝 찌푸리며 뒤돌아보았다. 그녀의 어리벙벙한 표정은 클레멘타인의 팔 안에 있는 고양이를 보자마자 넘치는 환희로 바뀌었다.

"미스티!"

"손님 고양이 맞지요?"

클레멘타인이 확인하듯 물었다. 그녀가 끔찍한 실수를 한 것이 아니기를! 하지만 다행히 노부인은 고개를 끄덕였다.

"맞아요, 맞아. 남편의 고양이 미스티라우. 남편이 죽은 다음 날 도망갔는데……. 손녀가 뒷문을 열어놓아서 거기로 빠져나간 게지. 집고양이라 집 밖으로는 거의 나가본 적이 없었는데 말이우."

클레멘타인은 조심스레 고양이를 노부인에게 건네주었다.

"원하시면 고양이를 집으로 데려가시는 걸 도와드릴게요. 도미닉이 고양이를 수의사에게 데려가느라 고양이 우리를 사두었거든요. 아마 위층에 있을 거예요."

"그래도 괜찮다면……."

노부인이 망설였다. 그 사이 도미닉 역시 아래층으로 내려와 클레멘타인의 곁에 서 있었다. 무슨 일이었는지 알게 된 그의 입에는 옅은 미소가 흘렀다.

"그러니까, 미스티가 손님 고양이였던 거군요? 정말 멋지네요. 물론, 클레멘타인이 집까지 고양이를 데려가시도록 도와드릴 수 있습니다. 서두르지 않으셔도 되고요."

"정말 고맙구려."

노부인이 둘을 번갈아 보며 작은 목소리로 말했다.

"두 젊은 양반이 정말 친절하네요."

고양이는 주목을 받아 기쁜지 계속해서 야옹 하며 울어댔고, 턱밑을 긁어달라는 듯 고개를 치켜들었다.

그 모습에 셋은 모두 웃음을 터뜨렸다.

"그런데 정말 모를 일이네."

노부인이 자신의 가슴에 고개를 비비는 고양이를 환한 미소로 바라보며 말했다.

"이 아이가 도대체 어디에 있었던 게요? 찾는 건 거의 포기하다시피 했는데 말이우. 이제 막 전단지를 만든 참이에요. 이 아이가 안전하게 돌아올 수 있도록 보상금도 좀 걸고. 고양이 도둑이 있다는 이야기는 들어봤을 게요. 이 아이가 무척 예쁘잖아요."

노부인은 입술을 깨물었다.

"두 젊은 양반에게 보상금을 줘야겠네요!"

클레멘타인은 미소를 지으며 고개를 저었다.

"아니에요……. 저희는 그런 거 필요 없어요. 주인을 찾게 되어서 정말 기쁠 뿐이에요."

"정말이우?"

"그럼요."

클레멘타인은 고양이의 말랑거리는 턱을 쓰다듬었다. 고양이는 기분이 좋은 듯 그르릉 하는 소리를 냈다.

"고양이가 너무 멋져요. 제가 가서 고양이 우리를 가져올게요. 그리고 나서 어디 사시는지 알려주세요. 그런데 성함이 어떻게 되시죠……?"

"도린이에요."

노부인이 촉촉이 젖은 눈으로 고양이를 다시 잃어버릴까 두려운 듯 꼭 껴안으며 말했다.

"도린이라고 불러줘요. 뭐라고 감사를 표해야 할지 모르겠구려. 미스티는 남편이 남긴 전부라, 이 아이가 사라졌을 땐 정말이지…… 두 사람이 나에게 행복한 하루를 선사해주었다우. 초콜릿으로 한 번, 그리고 미스티를 찾아줘서 또 한 번."

노부인은 살짝 흐느끼기 시작했다.

"아가씨는 마치 천사가 변장해서 내려온 것 같네."

"압솔뤼멍(그렇고 말고요)."

도미닉은 클레멘타인의 허리에 팔을 두르고 그녀의 뺨에 가볍게 입을 맞췄다.

"그녀는 몽 앙쥬(제 천사)입니다."

클레멘타인은 사기꾼이라도 된 듯한 기분이 들어 고개를 힘차게 내저었다.

"천사는 가당치도 않아요. 장점이 있는 악마 쪽에 가깝죠. 가세요, 집까지 안전하게 모셔다 드릴게요."

도린은 차와 집에서 만든 과일 케이크를 계속해서 대접하며 클레멘타인을 몇 시간이나 잡아 두었다. 그녀는 클레멘타인에게 남편의 사진과, 남편과 고양이가 함께 찍은 사진들을 보여주었다. 그녀의 남편이 그 고양이를 얼마나 아꼈는지 사진만 봐도 잘 알 수 있을 정도였다. 클레멘타인은 노부인과 함께하는 오후 시간이 즐거웠다. 도린과 어니스트가 평생을 함께 보낸 나날을 생각하자

가슴이 뭉클해졌다.

그녀와 도미닉도 그럴 수 있을까? 아니면 대책 없이 이상적으로만 생각하는 걸까?

객관적으로 보자면, 그녀와 도미닉은 서로에 대해 거의 아는 바가 없었다. 환상적인 하룻밤을 함께 보내긴 했지만, 그것이 오랜 관계를 보장해주지는 않는다. 둘이 서로 맞지 않는다는 것이 조만간에 판명될지도 모르는 일이었다. 그녀는 하루도 채 안 되는 시간에 도미닉의 사촌 클로이를 적으로 만들었고, 건강에 아무런 문제가 없는 라벨 씨를 구급차로 실어 보낼 뻔했으며, 그의 멋진 전화기를 물에 빠뜨려 고장 내고, 그의 금붕어까지 위태롭게 만들어버렸다.

그녀의 그런 실수들을 도미닉이 더 이상 재미있다고 여기지 않을 날이 올지도 모른다…….

클레멘타인이 가게로 돌아왔을 때, 시간은 생각보다 훨씬 더 지나 있어서 레이첼이 가게 문을 닫으려 하고 있던 참이었다.

그녀는 레이첼이 미소를 짓고 있는 것을 보고 깜짝 놀랐다. 레이첼 뒤에는 한 젊은 남자가 커다란 꽃다발을 손에 든 채 서 있었다. 꽃에서 좋은 향기가 뿜어져 나왔다.

"아, 이 분이……."

클레멘타인은 어떻게 반응해야 할지 몰라 주저했다.

"딜런입니다."

남자는 웃으며 손을 내밀어 클레멘타인과 악수했다.

"레이첼을 좀 일찍 데려가도 괜찮겠지요? 레스토랑 '레 시스 에스카르고'에 저녁 식사 예약을 해뒀거든요."

클레멘타인의 눈이 휘둥그레졌다.

"와, 거기 정말 근사한 곳이잖아요."

그녀는 레이첼의 붉어진 뺨을 보고 미소를 지었다.

"물론 되고말고요. 문은 제가 닫을게요. 멋진 저녁 보내요! 그리고, 음, 나중에…… 그…… 레스토랑 어땠는지 말해주고요."

클레멘타인은 딜런과 서로 허리를 감싸 안고 있는 레이첼을 팔꿈치로 가볍게 밀어냈다. 그녀는 가게 문을 잠그고 도미닉을 찾아 가게 안으로 들어갔다.

"돔?"

가게 안은 이미 깜깜했다. 그녀는 멈칫하고는 무슨 소리라도 들리나 귀를 기울였다. 위층에서는 아무런 소리도 들리지 않았다. 라벨 씨는 프랑스로 돌아간 건가? 하지만 그렇다면 도미닉은 어디 있는 거지?

심장이 두려움에 쪼그라들었다. 몇 시간이나 자리를 비운 참이니 그 사이 어떤 일이라도 일어날 수 있었다. 도미닉은 결국 아버지와 함께 프랑스로 돌아간 걸까? 레이첼이 남자 친구와의 재회에 너무 정신이 팔린 나머지 클레멘타인에게 그가 프랑스로 돌아갔다는 사실을 알려주는 것을 깜빡했을지도 모른다.

아니, 그건 너무 터무니없는 일이었다. 도미닉이 그런 식으로 영국을 떠났을 리가 없다. 그녀에게 한마디 말도 남기지 않은 채로 말이다.

그때 누군가 조용히 뒤로 다가와 허리를 잡는 바람에 그녀는 소스라치게 놀라 펄쩍 뛰었다.

"어머 세상에!"

클레멘타인이 몸을 돌리자 그림자로 덮인 도미닉의 얼굴이 눈앞에 있었다. 심장이 기쁨에 두근댔고, 뺨은 열기로 붉어졌다.

"놀라서 심장마비 걸릴 뻔했잖아요."

"음, 그렇군요."

그가 눈을 빤히 쳐다보며 손으로 그녀의 등을 부드럽게 쓰다듬었다.

"그래요, 당신은 조금…… 숨이 막혀 보이네요. 구급차를 부를까요?"

그가 놀리고 있었다!

"이봐요, 아까 구급차를 불렀던 일은 정말 실수였다고요."

"위(그래요). 에 포 어뮈쟈(재미있었어요)."

그는 즐거움을 감추지 못해 싱긋 웃으며 말했다.

187

"아마 그랬겠지요. 하지만 당신 아버지는 앞으로 다시는 저와 이야기를 하지 않으실 거예요. 그분이 운동을 하고 계신 줄 제가 어떻게 알았겠어요? 마치 증기기관차처럼 헐떡이고 계셨다고요. 난 그분이 돌아가시는 줄 알았다고요!"

"음, 아버지 걱정은 더 이상 하지 않아도 될 거예요."

"네?"

그는 진지한 표정으로 고개를 가로저으며 말했다.

"프랑스로 돌아가셨어요."

그녀는 입술을 깨물었다.

"아버지와 말다툼을 하게 되어 유감이에요. 마치 다 제 잘못인 것만 같아요. 그분이 경고대로 유언장에서 당신을 빼버리실까요?"

"아뇨."

그녀는 입을 벌린 채 그를 바라보았다.

"아니라고요?"

도미닉은 어깨를 으쓱했다.

"아버지 말씀이, 생각해보니 내가 왜 런던에 남고 싶어 했는지를 이제 아시겠다고 하시더군요. 그래서 잘되기를 바란다고 말하시고 가셨어요."

"뭘요?"

그는 그녀의 입술에 입을 맞추었다.

"가게가 잘되기를 말예요."

그는 나지막이 말하고는 다시 입을 맞추었다.

"그리고 당신과도 잘되기를."

그녀는 어리둥절하다, 곧 마음이 설레었다.

"저…… 저 말이에요?"

"압솔뤼멍(그렇고 말고요), 몽 앙쥬(나의 천사). 당신이 나를 받아 준다면 말이죠."

그의 목소리가 조금 떨렸다.

"하지만 아직 당신은 내게 최종 답을 주지 않았어요."

"그랬던가요?"

도미닉은 클레멘타인의 머리칼을 쓰다듬으며 그녀를 지그시 바라보았다.

"당신이 겁을 먹고 달아나게 하고픈 생각도, 당신이 좋아하지 않는 걸 강요할 생각도 없어요. 하지만 클레멘타인, 결혼에 대해 이야기하는 건 아직 너무 이른가요?"

그녀는 이제 기절할 것만 같았다.

"이런……."

도미닉은 긴 손가락을 그녀의 입술에 가져다 댔다.

"놀라서 욕이 나올 것 같은 모양인데, 나머지 말은 하지 말아요."

갑자기 몸이 불타오르는 것 같은 느낌이 들었다. 클레멘타인은 팔을 뻗어 도미닉을 감싸 안았다. 그들은 어둠 속에서 오랫동안 키스를 하고는 가쁜 숨을 쉬며 몸을 떼었다.

"이런…… '이런 멋진 초콜릿이라니!' 라고 말하려 했죠."

반은 웃음이, 반은 울음이 섞인 목소리로 말했다. 그녀는 온전히 믿는다는 눈빛으로 그를 바라보았다.

"정말 멋진 경험이에요, 그렇지 않아요? 사랑에 빠지고, 그 후에 일어나는 일들 말예요."

"특히 '그 후에 일어나는 일' 부분이 멋지다고 할 수 있죠."

그녀는 미소를 짓다가 갑자기 무언가 깨닫고는 숨을 들이마셨다.

"아, 참. 나 고백할 게 있어요."

그는 살짝 몸을 떼고 물었다.

"꼬모(무슨)?"

"정말 미안한데, 내가…… 거짓말을 했어요."

"거짓말요?"

그는 진지해진 얼굴로 그녀의 말을 기다렸다.

"사실은 당신에게 처음 말했던 것과는 달리 나는 회계사가 아니에요. 삼촌 회사에서 일을 돕는 것뿐이었어요."

도미닉은 눈을 몇 번 깜빡이고는 말했다.

"음, 이제야 몇 가지가 들어맞는군요."

하지만 그는 화난 기색이 아니었다. 마음이 돌아설 것 같아 보이지도 않았다.

"아무렇지도 않아요?"

클레멘타인이 물었다. 그는 웃음을 터뜨렸다.

"아무렇지 않고말고요. 당신은 정말 엉뚱해요, 몽 아모르(내 사랑)."

"휴우."

그녀는 그 고백으로 아무것도 달라지는 것이 없다는 것을 알게 되자 비로소 숨을 쉴 수 있었다.

"결혼은 지금 당장은 조금 두렵게 들리긴 해요, 도미닉. 일자리를 잃고 새 일자리를 찾아야 할 때도 마찬가지로 두려웠죠. 하지만 결국 다 잘 풀렸어요. 게다가 당신은 내가 서툴고 엉뚱한 것도, 내 침실의 삑삑이 고래 인형도 전혀 개의치 않잖아요. 그건 우리가 오래 함께 할 수 있을지도 모른다는 좋은 징조 같아요. 그러니 차근차근 시작해보고 어떻게 될지 지켜봐요, 우리."

그는 미소를 지으며 고개를 끄덕였다.

"그렇다면, 차근차근히요."

"차근차근, 그리고 달콤한 초콜릿처럼요. 약속해줘요."

"그건."

도미닉은 이전보다도 더 멋진 프랑스 악센트로 속삭였다.

"약속할 수 있고말고요."

작고 이상한 초콜릿 가게

초판1쇄 인쇄 2019년 12월 26일
초판1쇄 발행 2020년 1월 10일

지은이 베스 굿
옮긴이 이순미

발행인 신상철
편집인 이창훈
편집장 신수경
편집 정혜리 김혜연
디자인 디자인 봄에
마케팅 안영배 신지애
제작 주진만

발행처 (주)서울문화사
등록일 1988년 12월 16일 | 등록번호 제2-484호
주소 서울시 용산구 한강대로43길 5 (우)04376
편집문의 02-799-9346
구입문의 02-791-0762
팩시밀리 02-749-4079
이메일 book@seoulmedia.co.kr

ISBN 979-11-6438-017-6 (03840)